3

Kadokawa Fantastic Novels

彩頁、內文插畫／とよた瑣織

This Hero is Invincible but "Too Cautious" 3

序章　重逢與變化

在位於統一神界神殿內，放眼望去一片純白的廣大空間——「勇者召喚之間」裡，我顧不得自己氣喘吁吁，直接在地上畫起魔法陣。

從大女神伊希絲妲大人手上拿到勇者名單後，我就上氣不接下氣地一路狂奔到這裡。

上次攻略異世界蓋亞布蘭德時，我打破女神的戒律，因而受到懲罰，被叫去負責難度SS的伊克斯佛利亞。已化為魔界，遠比蓋亞布蘭德更棘手的世界——這就是現在的伊克斯佛利亞。

即使如此，我倒沒什麼悲壯的感覺，只是邊詠唱召喚咒語，邊感慨萬千地看著名單上所寫的勇者的能力值。淚水好不容易才止住，眼眶卻又開始發熱。

——既然能力值初始化，聖哉也一定忘了跟我一起冒險的所有回憶……不過沒關係，我們又將重逢。只要這樣就夠了……

我大聲宣讀要召喚的勇者之名。不久後魔法陣溢出光芒，一名勇者從地上世界受召喚而來。

高挑身材，清爽黑髮，凜然臉龐。龍宮院聖哉跟初次召喚時一樣穿T恤配牛仔褲。雖然打扮很休閒，卻散發出男神般強大的氣場。

本以為從此不再相見的超謹慎勇者和我，就這樣再次重逢。

——聖哉……！

我拚命克制自己下意識地伸到一半的手。

不行，不行啊，莉絲妲黛！振作一點！聖哉已經完全不記得我了！

我邊提醒自己，邊盡可能擠出笑容，抬頭挺胸。努力表現出女神應有的風範後，我再次盯著聖哉看。

再一次從最初開始吧。這次要慢慢來，多花點時間。吶……聖哉。

然後，我說出跟以前召喚聖哉時同樣的開場白。

「幸會，我叫莉絲妲黛。是住在這個統一神界的女神。我把你從地上召來這個次元是有原因的。龍宮院聖哉，你就是要拯救異世界『伊克斯佛利亞』脫離魔王魔掌的勇者。」

……接下來當然是一片沉默。突然被叫來神界的聖哉，就跟那時一樣滿臉狐疑地盯著我看。這種似曾相識的感覺令我好生懷念。

聖哉終於開了口。

「莉絲妲，妳在說什麼？」

「……咦？」

奇……奇怪？等一下？咦？他剛才說了莉絲妲嗎？啊？為什麼？

「我以前也聽過類似的台詞。還是說這是召喚勇者時一定要說的固定台詞嗎？」

什……什……什……什……什麼……！

我就像缺氧的金魚，嘴巴不停開開合合。

「你……你……還記得……我嗎？受勇者召喚時，上一個世界的記憶應該會消失才對……為什麼……？」

「不知道。總之我記得就是了。」

不久前跟伊希絲妲大人的對話忽然在腦中甦醒。我記得伊希絲妲大人的確是這麼說的。

『這次是特例。』

也就是說……也就是說……是伊希絲妲大人讓聖哉的記憶保持原狀的！也……也只能這麼想了！這決定實在太棒了！

我感動到全身顫抖。

「話說回來，能力值怎麼都恢復原狀了？害我練得那麼辛苦，像笨蛋一樣。這系統不能想辦法改善嗎？」

聖哉說出一連串不滿。這一點也很像聖哉的作風……看著依然故我的勇者，原本壓抑的衝動如潰堤般溢出。

「嗚哇啊啊啊啊啊！聖哉啊啊啊啊啊！我好想你喔喔喔喔喔！」

我把之前的女神風範全拋在腦後，撲向聖哉，將臉埋進他的胸口，嚎啕大哭起來。

「當時我還以為你連靈魂都被破壞了！以為再也見不到你了！雖然在大家面前故作堅強，但我的心其實好痛、好苦，痛苦到不行啊！」

痛快地哭完後，我把臉抽離聖哉的胸口。結果……

「啊……！」

他衣服上沾滿我的淚痕。不，如果只是淚痕也就罷了，連鼻子流出的東西，嘴巴流出的東西都有，總之沾得一蹋糊塗。

嘎啊啊啊啊！糟……糟糕！不小心哭到忘我！這樣絕對會挨揍啊啊啊啊啊！

我立刻以手護頭，聖哉卻沒有打我。

「奇怪？你……你不生氣嗎？衣服上沾了一大片水漬耶。」

「這種程度我不在意。」

「咦？沒關係嗎？為……為什麼？」

「……莉絲妲。」

聖哉一臉認真地注視我。

「我也記得那時妳拚命想救我。而且，當我要死於天獄門(Walhalla Gate)的代價時，也想起妳前世是我重要的人。」

「重……重要？」

「沒錯。」

「我……對聖哉來說……是重要的人嗎？」

「沒錯。不要讓我講這麼多遍。再說，這一次我是為妳而來。伊希絲妲的聲音在我腦中響起，說妳為了救我受到懲罰，必須負責拯救比蓋亞布蘭德更困難的世界。」

「這……這樣啊……呃，那個，唔……能請你稍微等我一下嗎……」

為了不讓聖哉看見，我將臉別開，蹲下來縮起身子。

嗚咿————————！怎……怎……怎……怎麼搞的！怎麼會是這種發展啊啊啊啊啊啊啊啊啊啊啊！

從地獄到天堂！從絕望到絕頂！無法言喻的幸福感襲上了我！不過……即使如此，我還是搖搖頭。

不，不對，等一下！他可能嘴上那麼說，其實想看我笑話！沒錯，這男人就是這樣，可能前一刻讓你放下戒心，下一秒就突然踹你一腳！我來試探他看看！

我心跳加速地走近聖哉……

「不……不好意思……！」

裝作若無其事地挽起聖哉的手。聖哉表情毫無變化，一語不發，也沒有攻擊我。

怎麼可能！竟然不排斥！這……這根本就確定……不，還沒！我要再測試看看！

我挽起聖哉的手臂，仰望著他。

「吶，聖哉，改天有時間的話，也去看看馬修和艾魯魯好嗎？還記得吧，他們之前很想去溫泉呢。」

依照往例，聖哉應該會說「不關我的事」，但這次他卻立刻回答：

「說得也是。」

沒錯！竟然是「說得也是」！

「我也給那兩人添了麻煩。如果見得到面，我很想現在馬上去見他們。」

這……這下不會錯了！終……終於……他終於……

我心中升起煙火，綻放出大朵大朵的絢麗火花。

這個傲嬌終於表現出嬌的一面啦啊啊啊啊啊啊啊！等等我，馬修、艾魯魯！這次我要讓你們見識一下變得甜甜蜜蜜的我們！

「不過，那也要等到這次的目的達成後再說。這次的世界比蓋亞布蘭德難度更高吧？看來得做好更周全的準備才行。」

聖哉的眼神突然變得銳利。

「我現在就來修練。」

「咦咦咦咦咦！怎麼這麼突然！」

「嗯，就照之前那樣，先在這裡從基礎訓練開始。」

聖哉將視線投向我。不用說我也明白，這意思是要我離開召喚之間。

「好……好吧，我知道了。」

禁欲的性格果然完全沒變。呿，本來還想跟他多恩愛一下的說……

我照以前那樣使出女神的創造之力，做出簡易浴廁和床鋪，再把呼叫鈴遞給聖哉。

「那麼，等你準備好就通知我吧。」

當我正要帶著有些落寞的表情走出去時，聖哉叫住我。

「莉絲妲，之後麻煩妳送飯來。」

「……嗯！」

「吶吶吶吶，聽我說，阿麗雅！聖哉他呀，變得非──常地溫柔喲！不會打我踢我擠壓我的奶了！」

「那……那很好啊，不過妳之前原來都受到這種對待嗎……」

我在前輩女神阿麗雅朵亞的房裡興奮地滔滔不絕。紅髮的阿麗雅是個身高比我高，胸部也比我大的資深女神，感覺就像姊姊一樣。

聽完我的話，阿麗雅莞爾一笑。

「聖哉能保留記憶，都是託伊希絲妲大人的福。這一定是她為莉絲妲妳著想，去向至深神界的諸神爭取到的成果。我也得為之前那些無禮的發言道歉才行。莉絲妲，妳等下也要去向伊希絲妲大人好好道謝喔。」

阿麗雅說到這裡，突然皺起眉頭。

「喂……莉絲妲，妳有在聽嗎？」

「嗯嗯！有在聽有在聽！要向伊希絲妲大人道謝，對吧？我知道啦！」

「吶……吶，莉絲妲，妳可不能太認真。就算以前是情侶，但聖哉是人類，而妳已經是女神了。」

「啊哈哈！討厭啦！這個我知道啦！」

「是嗎？妳真的明白嗎？」

阿麗雅不知為何長嘆一口氣。

「好擔心喔。本來我也想跟妳一起去，畢竟伊克斯佛利亞對妳來說，是充滿辛酸回憶的世界。即使現在忘了，只要去了當地，靈魂一定會起反應……」

我不把阿麗雅的擔憂當一回事，用輕鬆的語氣說：

「放心放心！我可是有跟我心心相印的前前前世達令呢！……啊，討厭！都已經這個時間了！我得幫聖哉做飯才行！下次見嘍，阿麗雅！」

「莉……莉絲妲！不是還要去向伊希絲妲大人道謝嗎！」

「抱歉！我明天再去！」

我走出阿麗雅的房間，趕往神界的廚房。

第二天，做完給聖哉當早餐的飯糰後，我在前往召喚之間的途中，看到劍神賽爾瑟烏斯和軍神雅黛涅拉大人站在走廊上。賽爾瑟烏斯雖然渾身肌肉看似強悍，但其實是個以做蛋糕為興趣，性格軟弱的男神。雅黛涅拉大人雖然臉色總是不太健康，感覺有點陰森，其實是個比賽爾瑟烏斯強上百倍的女神。

「早安，賽爾瑟烏斯，今天肌肉也很結實呢！雅黛涅拉大人也是，一樣有很棒的黑眼圈喔！」

我活力十足地打了招呼。雅黛涅拉大人露出傻眼的表情。

「改、改變好大喔。畢、畢竟聖哉還活著，會開、開心也是當然的……」

不過我的好心情可不僅於此。其實昨晚做奶油燉菜給聖哉當晚餐時，我又試著檢驗聖哉的變化。當時我像要餵食猛獸一樣，戰戰兢兢地拿起盛了燉菜的湯匙，伸向聖哉的嘴。

『聖……聖哉！啊……啊～！張……張開嘴好嗎？來，啊～！』

……我非常緊張。會不會隨時飛來一記正拳，打中我的頭呢？像這樣的負面想法掠過我的腦海。但沒想到……聖哉卻把燉菜一口吃掉，默默咀嚼。

『好……好吃嗎？』

『嗯，好吃。』

……當時發生了這種事。我等下也打算餵他吃飯糰，所以心情嗨得很。只要放著不管，我的臉就會自然地傻笑起來。

我正沉浸於幸福時，賽爾瑟烏斯沮喪地垂下肩膀。

「那個勇者回來了嗎？萬一他又找我陪他修練的話……唉……」

「不用擔心啦，賽爾瑟烏斯！聖哉變得比以前溫柔呢！」

「咦！是……是這樣嗎！」

「是啊！畢竟在蓋亞布蘭德經歷過那麼多事，聖哉也是會成長的！」

「這……這樣嗎……！嗯？等一下……！仔細想想，既然他的能力值被初始化，現在應該比我弱才對！沒錯！我根本沒必要害怕！嘻嘻嘻嘻……哈～哈哈哈哈！」

在放聲大聲的賽爾瑟烏斯背後……

「你心情不錯嘛，賽爾瑟烏斯。」

站著雙手交叉胸前的聖哉。

「哈哈……咿——？」

「喂，賽爾瑟烏斯，不要看我現在比你弱就囂張起來。我很快就會趕上你，讓你的身體變得沒辦法再做蛋糕。」

「你……你……你在說什麼啊，討厭啦，真是的！我哪有囂張啊！先不說這了，歡迎回來，聖哉先生，今天也工作辛苦了！」

賽爾瑟烏斯剛才的氣勢頓時消失無蹤，還兩手互搓姿態放低，試圖討聖哉歡心。

「聖哉，這意思是接下來要找賽爾瑟烏斯幫你修練嗎？」

「嗯，這次的基礎訓練提早完成，接下來找神修練比較有效率。」

「那……那個，我還有蛋糕要做，不太方便修練……而且我也有點發燒……拉肚子，全身關節也很痛……說不定會死……」

聖哉拍了拍顯然是為了逃避而撒謊的賽爾瑟烏斯的肩膀。

「放心吧，賽爾瑟烏斯，我會給你時間休息，你可以利用空檔從事做蛋糕的嗜好。」

「咦……！真……真的嗎！會給我時間做蛋糕嗎！」

「當然了，從這次開始，我會將修練擺其次，優先尊重你的自由。」

我對賽爾瑟烏斯耳語。

「你看！聖哉的確變溫柔了吧！」

「是……是啊！的確是呢！嗯！」

但聖哉又對賽爾瑟烏斯斬釘截鐵地說：

「休息是每五小時一分鐘，睡眠是每三天一次，一次三小時，可以吧？」

「！可以個頭啦！這是哪門子『黑心修練』？條件也太差了吧！這樣要用什麼時候做蛋糕？一分鐘連打蛋都不夠耶！」

賽爾瑟烏斯泫然欲泣地搖晃我的肩膀。

「他根本沒變溫柔嘛！反而更蠻橫了！」

咦……咦？奇怪了，我真的覺得他變溫柔了……

這時雅黛涅拉大人撞開賽爾瑟烏斯，找聖哉搭話。

「聖、聖、聖哉，別管賽、賽爾瑟烏斯了，跟我、我修、修練吧。」

看到雅黛涅拉大人，我不禁愣了一下。她臉頰染上紅暈，眼神活像熱戀中的女人！

咦咦！雅黛涅拉大人應該知道我和聖哉前世的關係吧？難道跟聖哉久別重逢，讓她心中的愛意又重新燃起嗎！

我提心吊膽地觀察情況，聖哉則用興致缺缺的眼神看向雅黛涅拉大人。

「喔，雅黛涅拉，妳還是老樣子陰陽怪氣的，讓人越看越不舒服。」

「嗯，嗯……！我、我喜歡你……！」

！聖哉明明說得那麼過分，雅黛涅拉大人卻露出還能接受的表情！可……可是，這是怎麼回事？聖哉對雅黛涅拉大人的態度，還是跟以前一樣嚴厲……！

這時聖哉轉向我，冷淡的表情稍微和緩。

「對了，莉絲妲，我想到一個好點子。我要同時跟賽爾瑟烏斯和雅黛涅拉一起修練，這樣時間就能縮得更短。」

賽爾瑟烏斯「咿」地慘叫一聲，我則笑著點頭。

「好……好啊！這點子不錯呢！」

聖哉剛轉過身去，又隨即回頭看我。

「莉絲妲，飯做好後叫我一聲。今天在妳的房間一起吃，可以嗎？」

「好……好啊！當然可以！」

即使聖哉拖著不情願的賽爾瑟烏斯，和雅黛涅拉大人一起前往召喚之間，我依然獨自呆站在原地。

是這樣啊……原來聖哉他……只對我溫柔嗎……！呵呵呵呵！怎麼搞得，好有優越感喔……！哎呀，不過……這也難怪！畢竟聖和跟我從前世就被紅線綁在一起！而且我們兩人還同心協力，一起打倒蓋亞布蘭德的魔王……這樣當然感情會甜甜蜜蜜了！絕對沒錯！

過了幾小時後，聖哉真的來到我的房間。

我請他吃我帶著愛意做出的料理。

「飯糰好吃嗎？」

「嗯，好吃。」

「沙拉呢？」

「嗯，好吃。」

糟糕……！實在太幸福了……！雖然他不管吃什麼都只會說「嗯，好吃」……但不管怎樣還是超幸福！

我看著他大口吃著我親手做的料理，那側臉讓我的心跳開始加速。

如……如果趁現在親他，他應該不會反感吧？要……要親嗎？反正當時也沒親到，要給他親下去嗎！喂，真的要往他臉頰啵一個嗎！哈啊哈啊哈啊哈啊哈啊哈啊！

這時，門沒人敲就開了。雅黛涅拉大人走了進來。

「聖、聖哉，賽、賽爾瑟烏斯又、又逃走了！」

「這樣啊，我現在就去。等找到人後，我要好好修理他一頓。」

聖哉兩三口清光料理後，跟雅黛涅拉大人一起離開。

唉——還是沒能親到嗎？不過……算了，沒關係！用不著那麼急！反正等修練完後，我們兩個就能在伊克斯佛利亞一——直獨處了！到時機會多得很！嗯！這樣會讓我好想快點去伊克斯佛利亞喔！不管是難度ＳＳ還是ＳＳＳ都綽綽有餘啦！因為是要和跟我兩情相悅，我最深愛的聖哉一起去嘛！

……沒錯，現在回頭來看，當時的我的確身處幸福的巔峰。不過這樣的幸福並沒有維持多久。不，別說維持了，我的心意在這之後甚至被撕裂到體無完膚，崩落瓦解。

聖哉跟雅黛涅拉大人他們開始修練的隔天，我突然想到還沒向伊希絲妲大人道謝，便連忙趕往伊希絲妲大人的房間。

敲了門後，我在開門的同時低頭行禮。

「抱歉，伊希絲妲大人！這麼晚才來向您道謝……」

「不會不會，沒關係的。」

不出我所料，伊希絲妲大人沒有責備我。她坐在木椅上編著東西，臉上帶著慈祥的微笑。

「保留記憶的勇者召喚——這是我所能做的最起碼的支援。至於以後的事，就交給妳和龍宮院聖哉了。」

「真的非常感謝您！」

我表達發自內心的感謝後，伊希絲妲大人暫停編織，凝視我的臉。

「我其實很想多幫你們一點……但只要我思考關於伊克斯佛利亞的事，腦中就像被霧靄籠罩，無法預知不久後的將來。雖然蓋亞布蘭德的魔王也擁有妨礙我預知能力的魔力，但這次更嚴重。」

伊希絲妲大人接著稍微板起臉孔。

「曾打倒勇者，毀滅世界的魔王，會受到來自邪惡次元的恩惠。這恩惠應該不止於魔王，也會讓住在伊克斯佛利亞的魔物力量增強，達到其他異世界的怪物望塵莫及的水準。加上妳在這次的伊克斯佛利亞攻略中無法使用治癒之力，不難想像這將是一場非常嚴峻的戰鬥。不過——」

「有聖哉在沒問題的！」

伊希絲妲大人才講到一半，我就帶著笑容做出宣言。大女神聽了「呵呵」笑了兩聲。

「說得也是。龍宮院聖哉經歷了過去的悔恨，成為兼具強悍的肉體和心靈，可說難得一見的奇才。只不過那孩子也有弱點。成長速度太快既是優點，也是缺點。就像蓋亞布蘭德那時一樣，他的能力值遲早又會到達極限。但即使如此，我跟妳一樣深信……那孩子將會克服這個障礙，拯救伊克斯佛利亞。」

伊希絲妲大人露出充滿慈愛的微笑。

「莉絲妲，這次是難度ＳＳ的世界。在完全做好出發的準備前，龍宮院聖哉都可以在統一神界進行修練。」

我再次以深深一鞠躬答謝大女神的厚愛，然後走出房間。

跟伊希絲妲大人談過後，我心情煥然一新。即使聖哉變溫柔，我也不能一直為此犯傻。這次我的治癒能力無法使用。既然這樣，就學其他技能來代替。我開始迫切地希望能幫上心愛的聖哉的忙。

總之我決定趁聖哉修練的期間，向阿麗雅打聽伊克斯佛利亞的相關情報，以進行研究。即使對我來說是毫無記憶的陌生世界，那一切應該還鮮明地烙印在阿麗雅的腦海中。雖然要問她失敗世界的事，難免令我有些猶豫，不過為了攻略，這也是必經的過程。

阿麗雅起初還猶豫要不要說，後來才緩緩開口。

「莉絲妲，即使到了現在，我還是不時會掛心伊克斯佛利亞的現狀，用水晶球觀看那裡……」

阿麗雅的水晶球上映出的影像，據說非常淒慘。現在伊克斯佛利亞已經完全受魔王支配，整個大陸幾乎都由魔王的部下統治，人類則淪為奴隸、家畜……更慘的是甚至被當成玩物或食物。

「這次伊希絲妲大人突破魔王的魔力縫隙，好不容易選出的起點，是一個名為『賈爾巴諾』的城鎮。那裡基本上是大量出產、外銷溫順奴隸的地方，因此當地的人類生活過得比較像樣。話雖如此，也不過是免於當玩物和食物的程度罷了……」

「所以這次是從那裡出發嘍。」

我邊點頭邊做筆記，一回神才發現阿麗雅笑了。

「看妳很投入呢。剛開始我還擔心不知道會怎樣，看到妳這樣我就放心了。」

「嗯，因為我也想幫上聖哉的忙。」

阿麗雅用手指抵住下顎沉思片刻後，看似靈光一閃地敲了下手心。

「對了，莉絲妲！我來教妳『鑑定』技能！那是可以掌握道具和裝備狀態的能力喔！」

「鑑定？那……那種能力用得到嗎……？」

「伊克斯佛利亞是受魔王支配的的世界。那裡不像一般的異世界，很少有人類經營的武器店和道具店，武器和道具只能靠自己設法準備，所以鑑定技能絕對能派上用場。」

起初我還擔心自己能不能學會，不過一旦抓到訣竅，要學會並不難。只要用透視能力值的感覺看要鑑定的物體便成。我花兩天就精通鑑定技能了。

我試著鑑定阿麗雅房裡的花瓶。

『花瓶——插花的容器。這花瓶是神界罕見的陶器，應該能賣到好價錢吧。』

在我腦中浮現這樣的文字。

嗯！感覺像聖哉的世界的人類玩的遊戲，說不定挺有趣的！

「文體等細節都能調節，可以客製化成符合妳喜好的鑑定能力喔……」

……嘻嘻！不知道聖哉會不會誇獎我？

走出阿麗雅的房間後，我踩著小跳步前往召喚之間。把門大大敞開後，看到賽爾瑟烏斯累趴在地上，聖哉則在一旁拿著木刀，揮汗如雨地跟雅黛涅拉大人對打。

「莉絲妲？」

聖哉瞥了我一眼，停止對練。

「啊，抱歉！打擾到你練習了吧。」

「不會，是莉絲妲就沒關係。」

啊……他還是一樣這麼溫柔……！

「聽我說，阿麗雅教了我鑑定技能！可以找出有用的道具和武器喔！」

「這對我幫助很大，妳很努力呢。」

我受到誇獎，腦中飄飄然的。有努力學會真是太好了！

這時我突然有個點子。

——如……如果用這個技能鑑定聖哉，究竟會怎樣？

我偷偷對聖哉發動鑑定技能……同時在心中祈禱：「請映出我最想知道的聖哉鑑定情報吧！」

接著我眼前就出現以下資訊：

☆莉絲妲的心跳加速戀愛鑑定☆

◎他跟妳的愛情度是？　『90分』
◎對他來說妳是？　『重要的人』
◎一句小建議！　『這樣下去一定能很快就修成正果！加油喔！』

嗚喔喔喔喔喔喔！鑑定技能好猛啊啊啊啊啊！竟然有90分，根本就是兩情相悅嘛！而且這樣下去就能修成正果！話說回來，「一句小建議」是我的潛意識在給我建議嗎？雖……雖然不太懂……但鑑定技能還是超————————猛的啦！

聖哉察覺到我的視線，顯得一頭霧水。

「嗯？怎麼了？」

「沒……沒什麼啦！喔呵呵呵呵！」

「妳是想看我的能力值嗎？」

「啊，嗯，我是很想看沒錯……」

之前聖哉怕情報洩露，非常討厭能力值被我看到。雖然他當時堅持用厚重的偽裝技能隱藏能力值，不過現在……

「好吧，就讓妳看。」

YES！反正我們都快修成正果了，就算看也沒差！

我於是發動透視能力，一窺聖哉解除偽裝技能後的技能表……

龍宮院聖哉

LV：51

HP：145683　MP：25622

攻擊力：72888　防禦力：67693　速度：65007　魔力：28765

成長度：669

耐受性：火、風、水、雷、冰、土、光、闇、毒、麻痺、睡眠，詛咒、即死，異常狀態

特殊技能：火焰魔法（Lv：MAX）　爆炎魔法（Lv：8）　魔法劍（Lv：9）

獲得經驗值增加（Lv：15）　透視能力（Lv：18）　偽裝（Lv：20）　合成（Lv：7）

特技：地獄業火（Hell Fire）

爆殺紅蓮獄（Maximum Inferno）

鳳凰炎舞斬（Phoenix Drive）

鳳凰貫通擊（Phoenix Thrust）

連擊劍（Eternal Sword）

性格：謹慎到超乎想像

「已……已經練到這種程度了……！」

攻擊力超過七萬，ＨＰ也將近十五萬。如果是難度Ｃ的異世界，憑這樣的能力值就足以破關。即使是難度ＳＳ，也差不多能出發了。但即使如此，聖哉依舊搖頭。

「還不行，至少要升到之前打倒龍王母的等級。」

「這……這意思是要升到頂嗎！」

「嗯，不過在那之後才是問題。如果不設法超越極限，攻略伊克斯佛利亞可能會跟上次一樣遇到瓶頸。」

伊希絲妲大人所擔心的事，果然也讓聖哉很煩惱。不過在跨越極限前，得先練到上限才行。據我的推測，這應該就是聖哉想快點把等級封頂的原因。

「順便問一下，像飛翔技能，還有原子分裂斬(Atomic Split Slash)和裂空斬(Wind Blade)等特技都沒出現吧？我記得這些以前在等級更低時就能學會。這究竟是怎麼回事？」

「技能和招式會配合要拯救的世界的基準而改變。伊克斯佛利亞似乎是無法學會飛翔技能的世界。而且那裡的魔法體系也分得比蓋亞布蘭德更細，看來你這次只能使用火焰系魔法。」

「這還真棘手呢。」

「嗯，這一點也是那裡之所以為難度ＳＳ的原因。不過相對的，在伊克斯佛利亞也能學到蓋亞布蘭德沒有的新技能和新招式。」

我們聊完後，聖哉繼續跟雅黛涅拉大人修練。雅黛涅拉大人跟賽爾瑟烏斯不同，感覺耐力很強，即使跟聖哉激烈交鋒，也不見她露出任何疲態。

目睹那幅光景，讓我又開始坐立難安。除了鑑定技能外，我還希望能為聖哉做更多事。

——對了！

突然有點子從天而降。我決定替門進行調整，讓聖哉能從最好的位置出發。

再說，那畢竟是第一次去的世界，如果不把門實際叫出來看看，我這個下級女神也無法針對出現地點進行微調。我於是在跟聖哉他們有段距離的地方詠唱咒語，叫出通往異世界伊克斯佛利亞的門。

聖哉不經意地把視線投向我。

「喂，莉絲妲，妳在做什麼？我們還沒準備好吧？」

「喔喔，這個嗎？只要調整啦！即使在起始城鎮中，還是想把門開在更安全的地方！」

「妳有這份心意我很高興……但會不會有怪物突然跑進來？」

「不用擔心！我有布下強大的結界！絕對沒問題！」

然而……

『嘰嘰嘰嘰嘰……』

門卻隨著開門聲自動打開。

——咦？

別說驚訝了，我頭腦根本一片空白，只能茫然地盯著自動打開的門看。

門內站著一個狼頭獸人，肌肉結實的身軀上覆蓋著銀色體毛。這景象就好比室友隨意走進房間般，感覺太自然也太理所當然。

「幸會，異次元的女神大人，永別了。」

聽到他低聲說出人話，我才終於感到生命有危險。這時狼人的利爪，也抵上了我的脖子。

第二章　不對勁

現場裡有劍神和軍神兩位武神，但他們面對這無法預測的突發狀況，就跟我一樣思考暫時停止，只能呆站原地。

眼看狼人將攻擊我，我出於本能閉上眼睛。在封閉於黑暗的視野中，響起一記悶響，同時有股強大的衝擊力讓我倒地。奇怪的是，這股衝擊不是襲上我遭鎖定的脖子，而是肩膀和背。

我戰戰兢兢地睜開眼睛，發現聖哉趴在我身上。沒錯……現場只有聖哉對這個狀況做出反應，搶在凶刃砍到我脖子前保護了我。

「聖哉！」

但聖哉依舊癱在我身上，動也不動。

——難……難道他代我挨了那傢伙一爪嗎！

乍看之下是沒有出血。當我想更確認聖哉是否安好時，頭上響起冷淡的嗓音。

「這就是被召喚到伊克斯佛利亞的勇者嗎？」

狼人的眼睛發出詭異的光輝。他把目標從我換成聖哉，高舉手臂，利爪散發出漆黑的靈氣。我的本能對此產生排斥。以前戰帝用弒神之劍（God Eater）指著我時，我也有過相同的感覺。這個讓我難忘的感覺是……

——連鎖魂破壞（Chain Destruction）……！

「……去死吧。」

狼人的爪子隨著冰冷的低沉嗓音，朝聖哉襲去！

——不……不行……！

這次換我挺身趴在聖哉背上。賽爾瑟烏斯目睹我們受狼人襲擊，不由得「咿！」地大叫一聲。

靈魂一旦遭到破壞，就等於永遠死去。正當我做好覺悟時……類似金屬和金屬碰撞的聲音震耳響起。

狼人的爪子沒有擊中我和聖哉。抬頭一看，是雅黛涅拉大人拔出腰際的真劍，以劍為盾擋下狼人的爪擊。雅黛涅拉大人雙眼圓睜瞪著狼人。

「你、你這個賊人……！」

狼人把劍揮開，拉出距離，舔了舔自己的爪子。

「妳也是神嗎？那就是我們的敵人。」

狼人一說完，雙手的爪子瞬間伸長。他用這副長度跟短劍相仿的爪子，對著擋在我和聖哉面前的雅黛涅拉大人，擺出攻擊的架式。

「……亂律穿爪。」

另一方面，雅黛涅拉大人身上則像關節鬆脫般，骨頭「嘎嘰嘎嘰」作響。

「真、真．連擊劍……！」

我對以劍尖指著狼人的雅黛涅拉大人喊道：

「雅黛涅拉大人！小心一點！那傢伙的爪子有連鎖魂破壞！如果受到致命傷，我們的靈魂就會被破壞！」

這時起反應的不是雅黛涅拉大人，而是賽爾瑟烏斯。

「咦咦咦咦咦！也就是說，如果被那個打倒，我們就會死嗎！怎……怎麼可能有這種事！神不是不會死嗎！」

「我不是說了，就算是神也一樣會死！」

「啥啊啊啊啊啊！騙人的吧！我還不想死啊！」

相對於外強中乾的沒用劍神，軍神雅黛涅拉大人卻露出令人發毛的笑容。

「嘻嘻嘻嘻嘻嘻……！沒有什麼比……賭、賭上性命……更有、有意思的事了……」

她像肉食性動物敏捷地撲進獵物懷裡一樣，毫不猶豫地衝進敵人的守備範圍，並同時使出真．連擊劍！元祖連擊劍即使只用單手，也能以媲美聖哉的雙刀流連擊劍的高速，在空氣中畫出無數殘影！

然而……令人不敢置信的是，狼人竟然用雙手上變長的爪子擋掉每一擊！雙方像在重演

聖哉和戰帝於蓋亞布蘭德的激烈交鋒，打得不相上下，火花四濺。

……不久後，傳來肉被切開的聲音。我一看，發現雅黛涅拉大人往後退，一隻手摀住腹部，指縫間有鮮血滴落。

「雅黛涅拉大人！」

「騙……騙人的吧！軍神的真・連擊劍竟然會輸！那到底是什麼怪物！」

雅黛涅拉大人一邊提防狼人的下一波攻勢，一邊對我們說：

「不、不用擔心……只、只是擦傷而已……」

而相對的，狼人也吃了雅黛涅拉大人一擊。他臉頰上的傷口微微滲出黑血。不過就旁人的眼光來看，雅黛涅拉大人的傷勢顯然比較重。

我終於沉不住氣，搖晃賽爾瑟烏斯的身體。

「賽……賽爾瑟烏斯！還有瓦爾丘雷大人啊！快去叫瓦爾丘雷大人！」

「好……好！我知道了！」

「沒、沒這個必要。」

賽爾瑟烏斯正要跑出去時……

雅黛涅拉大人喃喃開口。

「這、這跟死神那時不、不同。物、物理攻擊對這、這傢伙有效。既、既然這樣就、就沒問題。」

雅黛涅拉大人接著用結結巴巴的聲音高喊：

「執、執、執行神界特別處置法……！」

突然響起「啪嘰啪嘰啪嘰」的聲音！雅黛涅拉大人的右手隨著傾軋聲扭曲變形！

「嗚喔！她……她的手！那是什麼！又恐佈又噁心！有夠恐噁！」

賽爾瑟烏斯連忙躲到我身後。在我賞他白眼時，雅黛涅拉大人的手已經不是手，手肘以下都化為閃耀銀色光澤的刀刃。

雅黛涅拉大人深深咧起兩邊嘴角。

「嘻嘻嘻嘻嘻……！神、神劍……『滑翔隼』……！」

我吞了一口口水。

「把……把自己的手臂變成劍……？」

雅黛涅拉大人保持駝背，任憑變成劍的手隨意擺動，就這樣毫無防備地走向狼人。

然後……嘀咕一句。

「極、極・連擊劍……！」

突然間，殘影如暴風雨侵襲狼人！這毫無預備動作的斬擊……

「嗚……」

讓狼人原本從容的表情頓時扭曲！

平常的連擊劍是融合斬落、橫砍、斜劈、突刺等動作的高速劍術，就連速度急遽竄升的真．連擊劍也不例外。不過極．連擊劍卻是將突刺單一強化的劍技，加上右手因神界特別處置法變成神劍「滑翔隼」，跟西洋劍一樣越接近前端越細，非常適合連擊劍的連續突刺。

狼人就算能應付真．連擊劍，但他連盾都沒有，根本擋不了這無數的突刺。沒閃過連擊所造成的傷痕，一道道刻在他身上。

當狼人按耐不住，為了改變姿勢跳向旁邊時，「滑翔隼」就彷彿終於等到了這一刻，馬上化成鞭子甩去，並在纏上狼人右手的瞬間將手砍斷！

「咕喔喔喔喔喔！」

狼人長嘯一聲，黑血從醒目的斷面流下。

「即使是突、突刺以外的斬擊，也能發、發揮十足的威力。這、這就是神、神劍『滑翔隼』。」

——好厲害……！這就是拿出全力的雅黛涅拉大人……！

情勢至此逆轉。失去一隻手的狼人慢慢從雅黛涅拉大人面前退後。

「呿……！」

狼人咂了下舌，轉身面向他出來的門。

「那傢伙要逃了！」

賽爾瑟烏斯一喊，狼人就回頭獰笑。

「算了，沒差，反正我已經留下爪痕……」

——爪……爪痕？這話什麼意思？

「怎、怎、怎能讓你逃了……」

雅黛涅拉大人朝狼人突進。在急速拉近距離的同時，左手臂也產生變化！只見左手發出刺耳聲響，變成比滑翔隼更長，狀似武士刀的劍！

「神、神劍……『回歸燕』……！」

雅黛涅拉大人接著發出鬼女般的狂笑。

「嘻嘻嘻嘻嘻嘻嘻嘻嘻嘻嘻嘻嘻嘻嘻嘻嘻嘻！雙、雙極．連擊劍……！」

她雙手化為劍，從想逃走的狼人背後一躍而起，飛撲過去。面對軍神自空中逼近，狼人表情變得僵硬。

「去、去、去、去、去死吧……！」

「等……等一下，雅黛涅拉大人！我還要問他伊克斯佛利亞的情報——」

我的話完全沒傳到她耳裡！只見她用左手的長劍劈開狼人背部，再用右手發動超高速突刺！

「嘻嘻嘻嘻嘻嘻嘻嘻嘻嘻嘻嘻嘻嘻嘻嘻嘻嘻嘻！」

狼人被刺穿加亂砍，在召喚之間噴濺出大量黑血！

——「双極．連擊劍」……！這就是雅黛涅拉大人透過執行神界特別處置法，將自己的雙手變成神劍時才能展現，任誰也模仿不來的最大絕招……！

從狼人身上噴出的血往四周飛濺，連距離相當遠的賽爾瑟烏斯的臉頰上，也沾上黏糊糊的黑血。

「嗚哇啊啊啊啊啊啊！我受夠了！好想回房間喝溫熱的洋甘菊茶啊！」

賽爾瑟烏斯可憐兮兮地發出慘叫。我也不是不了解他的心情，畢竟這是一場讓人不忍直視的單方面虐殺。只消短短數秒，狼人就化為沒手沒腳的肉塊。

「嘻嘻……嘻嘻嘻嘻嘻嘻嘻嘻嘻……！」

雅黛涅拉大人渾身浴血，陷入半失神狀態。當她回頭看向一臉膽怯的我和賽爾瑟烏斯時……

「……啊。」

才露出恍然回神的表情，看著遭自己屠殺的狼人屍體……

「不、不小心就……」

狀甚尷尬地喃喃開口。她的手也同時變形，從劍逐漸變回原本的手，再用手指指向我的膝旁。

「呃……那、那個……聖、聖哉他沒、沒事吧？」

「還……還好……至少看起來沒外傷……」

聖哉身上完全沒被狼人的爪子傷到。但既然這樣……

『已經留下爪痕』。

他當時為什麼要說出那句讓人在意的話？

難不成——！

我心頭一驚，搖晃聖哉。

「聖哉！聖哉！醒醒啊！」

不過我的擔心是多餘的。

「嗚嗚……」

聖哉用手摀著頭，邊呻吟邊坐起來。

「太好了！你沒事吧？」

「嗯，還好。只是頭有點昏……」

「這……這樣啊！那就別太勉強，再躺一下好了！」

「不，比起這個，那個狼人怎麼了？」

「啊……那、那個……被雅黛涅拉大人打倒了。」

「……什麼？」

聖哉看到狼人變成無法再開口的肉塊，皺起額頭。至於雅黛涅拉大人，則像打破花瓶的小女孩般沮喪地垂下頭，完全不見剛才的激昂情緒。雅黛涅拉大人也深知聖哉的個性，擔心在問出情報前就幹掉敵人，可能會遭到這個謹慎勇者叱責。

「對、對不起……」

聖哉走近道歉的雅黛涅拉大人，用出乎預料的柔和語氣開口。

「不，妳做得很好。如果不打倒他，我們早就被幹掉了。謝謝。」

「聖、聖哉……！喜、喜歡你……！好喜歡你……！」

雅黛涅拉大人眼睛下方的黑眼圈消失，雙眼像少女漫畫般閃閃發亮。

我看雅黛涅拉大人進入少女模式，感覺事情又要變麻煩了。

「總……總之，我們去向伊希絲妲大人報告這件事吧！第一個遇到的敵人竟然就有連鎖魂破壞，這可不能等閒視之！」

我連忙提高嗓門，賽爾瑟烏斯也一語不發地頻頻點頭。

聖哉往賽爾瑟烏斯瞥了一眼。

「這件事可以拜託你吧？我還有其他事要做。」

——唉……他一定又想用地獄業火把狼人的屍體確實燒光吧……

我以為例行的善後儀式即將開始，不料聖哉卻抓住我的手臂，用力往前拉。

咦咦咦！怎……怎麼了！難、難道聖哉是在氣我？不過他那樣也沒錯！是因為我叫出門，才會讓那個狼人跑出來，把事情搞成這樣的！糟……糟了！我們好不容易才萌芽的戀情要產生裂痕了！

不過那也是我多慮了。聖哉並沒有對我發火，只是用力拉我的手，催我動作快點。

「來，這樣不行，我們這就出發去伊克斯佛利亞吧。」

「咦咦！不是還要善後嗎！而且你也才修練到一半啊！」

「這樣就夠了。」

「等……等一下，聖哉？」

聖哉硬拖著我，走向通往伊克斯佛利亞的門。

賽爾瑟烏斯和雅黛涅拉大人看到聖哉行倉促的行動，也都睜大雙眼。

——可……可是，既然謹慎的聖哉都這麼說了……而且等級也已經超過50，應該沒問題……對吧？

聖哉把手放上門把，對我說：

「總之我們走吧，女神大人。」

「女……女神大人？那是在叫我嗎！」

「我們得趕快拯救世界才行。就在我們這樣磨蹭時，又會有寶貴的人命消逝。」

這不像他會說的話。我感覺不對勁，望向正要穿過門的勇者的側臉。

「聖……聖哉，真的沒問題嗎？一切準備就緒了（Ready perfectly）嗎？」

「嗯，那當然了……」

勇者沒看我，只是盯著前方，喃喃地這麼說。

「總會有辦法的。」

Gonna be ok

第三章　衝動行事

我們穿過門，來到陰暗的室內。用木板拼湊成的牆壁和地板，沒有玻璃的木窗。面積可輕鬆容納四五個人，地板上卻到處破洞。房內擺放的桌椅等家具全都很破爛，感覺像是荒廢的空屋。

我本來想更仔細觀察，但現在有件事更令我在意。

我向身上還穿著T恤和牛仔褲的勇者發問。

「吶，聖哉！你剛剛叫我『女神大人』吧？而且還不是說『一切準備就緒』，而是『總會有辦法的』，對吧？」

那是聖哉從前的口頭禪。不安在我心中逐漸擴散。

「雖然是不太可能啦……你應該還記得我吧？」

「妳是負責我的女神大人，而我是被召喚來拯救伊克斯佛利亞這世界的勇者——沒錯吧？」

「是……是這樣沒錯……對了，名字！那我叫什麼名字？說得出來嗎？」

「我記得是……『味增塔派』？」

「！是莉絲妲黛啦！什麼『味噌塔派』啊！那你還記得蓋亞布蘭德嗎？」

「蓋亞布蘭德？我完全沒聽過。」

目……目的是沒忘！也知道我是女神！可是……這還是……

我看本人似乎一問三不知，只好發動透視能力，查看聖哉的能力值。

龍宮院聖哉

LV：51

HP：90854／145683……

——體力減好多！狼人的攻擊果然有造成傷害！

但更讓我瞪大雙眼的，是在體力下方的陌生文字。

《狀態：大混亂》

大……大……大……「大混亂」！難怪！所以他才會喪失記憶又意識模糊！

而最決定性的證據，是能力值最後的「性格」欄。之前都顯示「謹慎到超乎想像」的那個欄位……

性格：非常衝動

……竟出現這樣的變化。

我感到一陣暈眩，腦中想到的當然是狼人臨走前的話。他說「留下爪痕」，原來是這個意思。讓勇者陷入異常狀態，好削減其戰力——不過話說回來，這種異常狀態我還是第一次見到！就算我能用治癒能力，也不知道能不能治好！天啊，到底該怎麼辦！虧伊希絲妲大人都特地為我保留記憶，讓我可以跟聖哉恩愛甜蜜了說……！

我突然很在意聖哉的愛情度，也發動戀愛鑑定技能。

☆莉絲妲的心跳加速戀愛鑑定☆

◎他跟妳的愛情度是？『40分』

◎對他來說妳是？『可有可無』

◎一句小建議！『唔～現在他眼中似乎沒有妳。如果能恢復記憶就好了……』

「！愛……愛情度暴跌！而且還可有可無！」

我一叫，聖哉就一臉疑惑地看我。

「喂，妳在說什麼？」

「沒……沒什麼……這是我自己的問題，你不必在意……」

沒……沒錯！沒關係沒關係！這種混亂只要治療就能恢復！根本算不了什麼！總之，既然變成這樣，就先暫時撤退，回神界問伊希絲姐大人恢復的方法！

我握住聖哉的手。

「聖哉！我們先回統一神界一趟！」

「為什麼？我們不是才剛來？」

「聽我的就對了，快！」

「真搞不懂妳。」

我們跟來的時候立場對調，換我一直拉聖哉的手。當我再度打開往神界的門，踏入門內時……

「鏘！」

額頭瞬間受到強烈的撞擊！

「好痛啊啊啊啊啊！」

在摀著頭大叫的我面前，出現一堵像用水泥砌成的白牆。

「這……這是什麼！為什麼門裡有牆！」

我以為是哪裡出錯，讓門先消失再出現，結果牆壁還是在。

「這樣不就回不去了嗎！竟然來得了回不去，哪有這麼扯的事！」

這情況太莫名其妙了！不……不過，鑑定技能就是要用在這種時候！

我凝視白牆，眼前便出現文字。

『隔絕次元之壁——邪惡之徒的魔力正在發動。只有打倒發出魔力的施術者，或是破壞讓牆出現的魔導具，牆壁才會消失。』

經過調整的鑑定技能以口語化的語句對我這麼說。得知這個事實後，我整個人僵住。

「沒……沒辦法回統一神界！這代表我們必須以這種狀態攻略伊克斯佛利亞嗎！」

我失魂落魄地呆站原地，聖哉卻跟我相反，很有精神地在窗邊招手。

「喂，女神大人，快過來看那個。」

即使內心的震驚尚未平復，我還是照他所言被動地走過嘎吱作響的地板，從大大敞開的窗戶往外看。

映入眼簾的是紫色的天空，倒塌的建築物。混濁的空氣刺激鼻腔。賈爾巴諾荒廢的程度，令人無法想像這裡竟是起始城鎮。接著——我深深倒抽一口氣。在距離稍遠處，有兩個獸人正在街上昂首闊步！一個臉像狗，另一個臉像貓！而握在他們手中的鎖鍊尾端，竟繫著在地上爬行的全裸人類！

「那……那是什麼……！」

那是跟一般世界完全相反的景象！動物用鎖鍊綁著人類，當寵物一樣牽著走！

不管怎樣，這是我們來這裡後第一次遇到伊克斯佛利亞的怪物。我一邊提防那兩個獸人發現我，一邊發動透視能力。

獸人（犬型）
Lv：35
HP：56274　MP：0
攻擊力：28754　防禦力：27895……

獸人（貓型）
Lv：37
HP：58887　MP：0
攻擊力：30008　防禦力：29574……

「——咦！」

騙……騙人的吧！竟然從初期就出現能力值這麼高的敵人！啊……對了！這些傢伙的層級應該相當於蓋亞布蘭德四天王吧！是我們一不小心就遇上中頭目等級的敵人吧！

然而……

「嘿，你今天也帶髒兮兮的寵物出門啊。」

「吵死了喵，至少比你家養的寒酸寵物要好喵。」

「話說你們兩個到底有沒有好好餵飼料？都瘦成皮包骨了，再下去會死的。」

還有鳥頭、山豬頭，其他會說話的獸人陸續在馬路上聚集！另外在這群獸人的遠方，也有獸人聚在一起聊天！而且每一隻等級都很高！HP五萬上下，攻擊力三萬以上的獸人，根本隨處可見！

「不對……這世界的小嘍嘍就是這種程度啊！」

再加上這數量！為了不讓敵人發現，我只稍微打量四周。光是這樣就看到幾十個！可見這鎮上一定住了好幾百個獸人！

「這……這世界也太可怕了……！」

我身體不住顫抖，用求救的眼神看向勇者……卻發現聖哉不見人影。

「……啥？」

聖哉把手放在小屋的門把上。我嚇了一大跳，忍不住大叫：

「喂，給我等一下！你到底想幹嘛！」

聖哉若無其事地對我說：

「當然是去戰鬥。我怎麼能默默看著人類被繫上鎖鍊，當成寵物對待？我要把那些怪物一網打盡。」

「可是你現在赤手空拳加休閒服耶！」

「赤手空拳加休閒服有什麼不對？」

「當然不對！又不是去朋友家玩！這裡可是難度ＳＳ！沒有裝備要怎麼跟那一大群能力那麼高的獸人打！」

我把聖哉從門邊硬拉回房間中央。

「總之先冷靜一下！你現在受了重傷！在混亂解除前，都給我乖乖待著！」

「我很健康，也沒有混亂。」

「你不是連我的名字都不記得了嗎！」

「我已經記起來了。是『薑絲妲黛』對吧？」

「是莉絲妲黛啦！你根本沒記起來嘛！」

我扯嗓大吼的同時，頭也劇烈疼痛。我邊壓著頭側面，邊搖搖頭。

「……聽好了，聖哉。你遭到狼人襲擊，現在不是最佳狀態，而且記憶出現問題，十四萬的體力也掉到九萬。我很想幫你治療，可是我的治癒能力在這次無法使用，所以你要在這裡休息一段時間，好嗎？」

「我倒覺得體力這樣就夠用了……唉唉，女神大人還真是謹慎。」

唔！聽……聽聖哉這麼說，總覺得很火大！他平常明明只要體力一減少，就會趕快回復啊！

總之，至少他打消了想出去的念頭。在那之後，聖哉也是頻繁地透過窗子觀察外面。

「吶……吶，如果你想觀察，最好再低調一點。要是身子探得太出去，很可能會被看到……」

我對衝動勇者開始感到不耐煩時，聖哉似乎有所發現，臉色一變。

「唔，有新的獸人出現。」

「咦咦？」

我也靠近窗子，小心翼翼地偷窺外面。

聖哉說得沒錯，在剛才那群帶裸體人類寵物的獸人面前，有個巨大獸人在胸前交叉雙手，霸氣十足地站著。

他應該有其他獸人的兩倍大，身材肥壯，有張醜惡的豬臉。這個巨大的半獸人不同於那些沒裝備的獸人，身上穿著鋼鐵胸甲。他身體每動一下，就能看到那背上揹著一把像斧頭的武器。

這明顯有別於其他獸人，外表很有派頭的半獸人，往狗臉和貓臉獸人一瞪。

「你們到底在幹嘛～？怎麼不好好珍惜奴隸呢～！真可憐呢～你們看，都瘦成皮包骨了～真的有好好餵飼料嗎～？」

半獸人的語尾拉得很長。狗臉和貓臉的獸人先是面面相覷，接著低頭道歉。

「抱……抱歉，布諾蓋歐斯大人。」

「你們多久餵一次～？」

「我……我是一天餵一次……」

「我也只有晚上餵一次喵……」

「你們是笨蛋嗎～？飼料一天要餵滿三次～還有偶爾也要讓他們洗個澡～既然我們服侍魔王，生產好奴隸就是我們的責任～」

真是獸人不可貌相。看來他比其他獸人關心人類。從周圍的獸人畢恭畢敬的態度來看，他在怪物中的地位應該很高。但即使如此，也不過是個半獸人，能力值大概跟其他獸人相差不遠——原本這麼想的我不經意地發動透視能力，卻驚訝到一時無法言語。

獸魔布諾蓋歐斯

Lv：67

HP：338547　MP：0

攻擊力：300019　防禦力：258344　速度：77777　魔力：794

成長度：674

耐受性：火、風、水、雷、冰、土、光、闇、毒、麻痺、睡眠、即死，異常狀態

特殊技能：邪神的加護（Lv：MAX）　全屬性魔法減輕（Lv：MAX）

特技：神裂戰斧（God Chopper）

吸引嚙碎 Vacuum Shredder
性格：易怒

……怎……怎……怎麼可能有這種事！能力值竟然跟聖哉勉強打贏的魔人化戰帝同等級！而且還附帶「全屬性魔法減輕」！這下也無法指望魔法造成的傷害！好……好誇張！蓋亞布蘭德和這世界根本沒得比！一切都太過異常！

狗、貓獸人帶的裸體人類看似成年男女。他們瘦到肋骨突起，身上髒兮兮，模樣憔悴至極。這兩人想必受到非常殘酷的對待。面對眼前出現的好心獸人，女的流下眼淚，男的則上前攀附他。

「啊，布諾蓋歐斯大人！謝謝您，謝謝您！」

裸男碰觸豬獸人的腳，表達感謝之意，不料布諾蓋歐斯突然臉色一沉。

「……你碰到了～」

「咦？」

「……你……碰到了～」

布諾蓋歐斯忽然露出獠牙，大聲怒喝！

「你這個骯髒的人類——！竟敢用像沾了大便的手，碰本大爺高貴的身體啊啊啊啊啊啊！」

「咿！」裸男叫了一聲，把手抽離，但布諾蓋歐斯已經拔出背上的大斧頭，以上段姿勢舉起！從那把不祥的巨斧上，散發出漆黑的靈氣！

「那……那是連鎖魂破壞！他也有能把我和聖哉的靈魂破壞的武器嗎！」

我戰慄不已！窗外的奴隸也正苦苦哀求！

「請饒過小的！請饒過小的！」

但布諾蓋歐斯依舊暴跳如雷，滿臉漲紅，完全聽不進奴隸的求饒！他殘忍地揮下斧頭後，男奴隸就全身鮮血四濺，一分為二！

女奴隸見狀……

「呀啊啊啊啊啊啊啊啊啊啊啊啊！」

忍不住大叫起來，躲到主人貓臉獸人的腳邊。

大概是女人的叫聲讓他回神，布諾蓋歐斯露出尷尬的表情。

「唉～又不小心殺掉了～算了～沒差，反正奴隸還多得很～」

……現在我身邊有人正為了窗外發生的慘況渾身顫抖，滿臉怒意。

「這傢伙太可惡了，我絕不饒他。」

那個人就是聖哉。他平時淡漠的表情因氣憤扭曲，打算往門外走去。

「聖……聖哉！冷靜一點！這一點都不像你！」

「有人在我面前被殺，我怎能再按兵不動？」

「我不是說了，現在去也只是白白送命！那傢伙的能力值高過你太多了！」

「沒問題，可以的。」

「你說這話的根據到底是什麼！好歹也看看他的能力值吧！就算是你擅長的火焰魔法，也一定起不了多大的作用！」

「我是有看過他的能力值，才覺得可以的。」

「……咦？」

「女神大人，妳看他的能力值時，難道沒發現什麼嗎？」

「發現什麼？」

聖哉跟平常一樣用鼻子哼了一聲。

「聽好了，該注意的是他的速度。」

「的……的確，跟攻擊力和防禦力相比，他的速度真的很低，著眼於那一點是不錯。但即使這樣，你的速度也才６５０００，每一項都比他差啊。」

「不對，我不是指那個。」

聖哉的眼神銳利起來。我悄悄倒抽一口氣。

沒……沒錯！聖哉這一路過來，總是用超乎我想像的策略打倒強敵！就算現在變得衝動，或許這部分還保留著！

「告訴我，聖哉！你究竟有什麼策略？」

聖哉自信滿滿地開口。

「他的速度是77777，也就是清一色的7，而7是象徵幸運的數字。」

「……啥？」

「這下妳懂了吧……總之我行的！」

「！呃，這是什麼蠢理由！要是這樣能贏，大家就不必那麼辛苦啦！」

「因為是幸運數字，所以會贏！」——這種小學低年級才會用的理由，讓我不只傻眼，甚至想哭了。但即使如此，這個衝動勇者還是朝門口走去。

「總之我饒不了那隻豬，我要去打倒他。」

「我都說不可能了！絕對會死的！聽好了！那傢伙拿著能破壞你我靈魂的武器！通常勇者就算死了，也只是回到原來的世界！但如果是被他殺死，就無法回到原來的世界！你這樣也無所謂嗎！」

「那又怎樣。我一點都不怕死，反正人生下來就註定會死。既然這樣，我要積極地面對死亡。好，我決定了，這裡將是我的葬身之處。」

——這……這根本是匹夫之勇！有勇無謀！該……該怎麼阻止他呢！

看到奴隸遭布諾蓋歐斯殺害，讓聖哉熱血沸騰起來。他完全不聽我的勸阻，執意要走向門。

「別去啊啊啊啊啊啊！」

我勉強抱住他的腰，他卻完全不肯停下。

啊啊啊啊啊啊啊！這是在搞啥，真是糟糕透頂！現在我反而懷念起那個謹慎到超乎想像的他了！

「我是說真的，千萬別去啊啊啊啊！拜託你啦啊啊啊啊啊啊啊！」

我完全束手無策，急如熱鍋上的螞蟻，忍不住大吼大叫，眼淚也奪眶而出。聖哉看到我這樣，露出有些擔心的表情。

「怎麼了，女神大人？妳為什麼要哭？」

「因……因為……嗚嗚……你完全……嗚嗚……不聽我的勸啊……！」

聖哉聽了搔搔頭。

「抱歉，讓妳困擾了。我好像有點太急躁了。」

咦……？聖……聖哉……道歉了？

聖哉表情恢復冷靜，在地板上坐下。

這……這樣啊……衝動型聖哉跟謹慎型聖哉不同，即使在一般的狀態下，也會表現出溫柔的一面……

我用手抹去眼淚，聖哉則對我低頭道歉。

「抱歉，這次我會照妳的話去做。」

「嗯，你明白就好。謝謝……。」

「請原諒我，彩金入袋小姐。」

「！我從剛才就一直說我叫莉絲妲黛！你這是故意的吧！你說啊！」

正當我一下哭一下怒，情緒亂糟糟時，突然聽到地板傳來「喀噠喀噠喀噠」的聲響，不禁渾身一顫！

「怎……怎……怎……怎麼了！」

我一看，房間角落的地板被往上推開，有個穿著骯髒破布的生物爬了出來！

「是……是敵人嗎！」

聖哉擺出備戰姿勢，我則躲到他背後。那個衣衫襤褸的不速之客看到我們後，就把頭上的兜帽掀起。底下是一張白髮蒼蒼的老人臉孔。

「快，快來這裡。」

老人指向他剛爬出來的地板下方。

「這裡面沒有可怕的獸人。來吧……動作快。」

老人催促我們，我卻心生猶豫。畢竟我無法輕信一個突然從房間地板下爬出的人。

不過聖哉倒是朝房間角落大步走去。

「你人真好。我馬上過去。」

「等……等一下，聖哉！」

我對聖哉耳語。

「這也未免太可疑了！那個人是從地板下爬出來的耶！你都不會懷疑一下嗎！」

「這跟他是從地板下爬出來，還是從天花板跳下來無關。人怎麼可以不相信人呢？」

「呃，可是，這裡終究是難度ＳＳ的世界……」

「不要緊的，妳看，那個老人有雙很清澈的眼睛呢。」

我聽聖哉這麼說，就盯著那老人看。的確，從他身上感受不到任何邪惡的氣息。不，應該說反而是……

老人看我很猶豫，就從破衣的胸口掏出十字架項鍊。

「您不用擔心。我叫路克。是賈爾巴諾的神父。不，應該說前神父才對，畢竟您也看到這個鎮現在的情況。」

神父接著微勾起嘴角。

「幾天前，我有稍微感應到上天的啟示。神諭告訴我，會有勇者來拯救這個荒蕪的世界，而你們也的確出現在這個通往我們地下住處的廢屋裡……」

這……這個廢屋的地下有祕密藏身處嗎！怎麼會這麼湊巧……啊，對了！應該是伊希絲妲大人做過調整，讓門能通向這個廢屋！而且還給這個神父啟示！

路克神父微微一笑，對我們招手。

「來，我們走吧，前往我們這群逃離獸人的人類的聚落——『希望之燈火（Little light）』。」

我們跟隨路克神父進入地板下方，看到像用土塊做成的階梯。朝地下前進幾步後，上頭就發出聲響，原本打開的地板自動關閉，我們走過的階梯也陸續消失。

「這難道是……魔法嗎？」

「沒錯，這是艾希大人的土魔法。除了這棟廢屋外，鎮上還有好幾個通往地下的出入口。出入口都有這樣的機關，即使被獸人發現，他們也無法進入地下。」

那個叫艾希的魔法師應該是應用上位魔法，在地下深處做出供人類居住的聚落。如果非常熟練土魔法，的確能做出廣大的地下空間，不過那也需要萬中選一的罕見才能。

即使沒開口，路克神父似乎也從我的表情看出端倪，回以笑容。

「艾希大人正是傳說的魔法師柯爾特大人的妹妹。」

柯爾特——我記得他是以前攻略伊克斯佛利亞時，和聖哉一起討伐魔王的魔法師。他也跟前世的我一起成了魔王的食物……

在階梯旁的牆上，每隔一定距離就有光點。那不是油燈或火炬，而是埋在土裡的石頭在發光。據我的推測，那應該是含有發光魔力的「魔光石」。

聖哉邊走下漫長的階梯邊問神父。

「為什麼不惜這麼做也要躲在地下？如果好好利用那個什麼土魔法，應該可以離開這個城鎮吧？」

「不，我們無法離開賈爾巴諾。只要『咒縛之球』——這個魔導具在布諾蓋歐斯的手中，人類一走到鎮外就會化為灰燼。再說，就算能離開這個鎮，伊克斯佛利亞也已經沒有人類能安居的地方……」

「啊！我們之所以回不了統一神界，就是那個魔導具在作祟吧！」

我向路克神父提起通往神界的門內出現牆壁一事。路克神父點點頭回答「應該沒錯」。

「持有咒縛之球的獸魔布諾蓋歐斯，是魔王占領世界，得到邪神的恩惠後才產生的怪物，也是統治這塊拉多拉爾大陸的獸皇——葛蘭多雷翁的部下。」

神父這番話令我大吃一驚。

「等……等一下！那個叫布諾蓋歐斯的不是這大陸的主宰嗎！」

「布諾蓋歐斯只有治理這個鎮，統治這大陸的是葛蘭多雷翁。聽說他是能力遠超過布諾蓋歐斯的怪物。」

連布諾蓋歐斯的能力值都勝過蓋亞布蘭德的四天王了，竟然還有比他更厲害的！

聖哉對我的心情渾然不知，還用拳頭搥了下胸脯。

「嗯，夠格當我的對手。」

「喔喔！不愧是上天選出的勇者大人，還真可靠！」

雖然神父顯得很開心……呃，那個，對不起，這勇者只會出一張嘴。這樣下去他連對上布諾蓋歐斯都會慘敗的。沒錯，絕對會……

「……好了，我們到了。」

漫長的地下階梯終於到了盡頭，眼前出現一座巨大的雙開門。

神父像在打暗號般，以不規則的節奏敲打金屬門把五下後，門就隨著開門聲打開。

「嗚哇……！」

我看到門內的景象，不禁發出讚嘆之聲。

那裡寬敞到不像地下。挑高的天花板上裝有無數魔光石，照亮底下櫛比鱗次的民宅。往遠方能看到長滿翠綠作物的田地。

聖哉也感動地點點頭。

「哦，好厲害，好像地底下有另一個城鎮一樣。」

「我們耕作田地，雖然生活不寬裕，倒也自給自足。不過因為光源只有魔光石，很難種出健康的作物……」

或許是事先得知神父要帶我們來，有男女老幼共數十人在眼前一字排開。

我笑著對居民揮手，對方卻毫無反應。

「奇……奇怪？」

在蓋亞布蘭德時，民眾對女神和勇者抱持著敬意，但這裡的人卻狠狠瞪著我們。

我正覺得有些坐立難安，有個穿鋼製盔甲的年輕人走出人群，朝我們過來。那是一個留短髮，眼神銳利的男子。

「這位是我們『希望之燈火』的首領布拉特大人——」

神父明明在做介紹，布拉特卻沒停下腳步。他大步走到聖哉面前，唐突地揪住聖哉的領口，發出低沉的聲音。

「這張臉……果然沒錯！你竟然還活著！」

「怎……怎麼了？你幹嘛突然這樣！」

不只是我，連路克神父也慌忙大喊。

「您到底是怎麼了，布拉特大人！」

布拉特依然瞪著聖哉，對神父怒吼。

「神父！你不知道嗎！這傢伙就是一年前討伐魔王失敗的勇者啊！」

「什麼……！」

神父頓時啞口無言。布拉特充滿怨懟地繼續說：

「我聽說柯爾特大人和塔瑪因王國的緹雅娜公主都被魔王殺了！可是這傢伙卻逃出來躲在別的地方！而且他現在竟然還厚著臉皮出現！」

對了……我是由緹雅娜公主轉生成的女神，在時光流逝緩慢的神界過了一百年，所以我和在水晶球裡看過的緹雅娜公主長得完全不一樣。但對聖哉來說，這只是一年前發生的事，因此他的容貌和身形幾乎沒變。也就是說，在看過聖哉的人眼中是一目瞭然。

布拉特狠狠推了聖哉一把。

「聖哉！」

看聖哉倒在地上，我連忙跑到他身邊。原本在背後旁觀的民眾也紛紛扯開嗓門。

「真……真的耶！我一年前也看過！他的確是前勇者！」

「沒錯！他還吹牛說：『交給我吧。』結果卻被魔王打敗，伊克斯佛利亞也毀了！」

「都是你的錯！都怪你，害我的家人全死了！」

幾乎所有聚落的民眾都痛罵起聖哉。猛一回神，我們已經被手持棍棒和農具的民眾團團包圍。

——怎……怎麼這樣！不但魔物能力值異常，連伊克斯佛利亞的人類也對我們抱著敵意！這……這就是難度ＳＳ！該怎麼辦，聖哉！

但聖哉卻一派冷靜地回頭看我。

「喂，女神大人，這裡的人說的都是真的嗎？我以前來過這個世界嗎？」

我看紙包不住火，只好老實告訴他。

「沒錯……這是你第二次來伊克斯佛利亞。之前的你沒能成功拯救世界……」

「這樣啊……」

聖哉突然五體投地。

——咦咦咦咦咦咦咦！

那是我完全意想不到的景象！總是目中無人的聖哉竟然對民眾下跪！而且還用充滿苦澀的語氣開口！

「非常抱歉，請原諒我。」

不……不要！感覺好討厭！聖哉竟然下跪！他這麼做或許很有擔當……可是……可是……我就是不想看到這樣的聖哉！

看到聖哉突然謝罪，包圍他的人們頓時鴉雀無聲。不久後，有個男人渾身顫抖起來。

「別……別開玩笑了！這不是低頭道歉就能解決的！」

「柯爾特大人和緹雅娜公主等於是你殺的！」

「沒錯！沒錯！」

有人對聖哉丟石頭，聖哉閃都沒閃，被直接命中頭部。此舉成了導火線，讓希望之燈火的人們開始毆打聖哉。

「等……等一下！住手！住手啊！」

「吵死了！」

我想阻止他們施暴，卻被人推倒在地。

「我都叫你們住手了！不要對聖哉這麼過分！」

我大喊，但暴行仍不停止。年長婦女們對手足無措的我冷眼相待。

「哼，什麼女神嘛，和我們人類根本沒兩樣。」

「之前的紅髮女神也很沒用，竟然被魔王吃了，真是丟臉到極點。」

「不准說阿麗雅的壞話！」

我怒目瞪視，她們用更猙獰的表情回瞪我。

「都怪你們太沒用，這世界才會毀滅……！」

她們向我步步近逼。

——嗚……嗚哇！我也要被打了嗎！

我正膽戰心驚時，聖哉勉強起身擋在我前面。

「別這樣，不對的是我。」

「聖……聖哉……！」

「名字崩壞小姐是無辜的。」

呃，那是誰啊！已經偏離到看不出莉絲妲黛的程度了！崩壞的人是你才對吧！

不過這還不打緊。聖哉保護我的舉動似乎更激怒民眾，讓他們又開始毆打他。聖哉的等級是50，防禦力夠高，受到的傷害並不嚴重……但我依然懊惱不已。

——為什麼！為什麼我們來拯救世界，卻得遭受這樣的對待！

我眼淚快奪眶而出時……

「請你們住手。」

有個高亢的聲音凜然響起，讓群眾的手嘎然而止。

在眾人的視線前方，有個年幼女孩昂然佇立。她跟其他人一樣衣著質樸，但纖細的手臂上戴著裝飾品。

「艾希大人……！」

有人這麼喃喃自語。

「各位，請住手，柯爾特哥哥他並不希望發生這種事。」

用土魔法做出這個村落的魔法師艾希，遠比我想的年幼，從外表看起來大約六七歲。這個比艾魯魯更小的女孩只靠一句話，就平息村落的暴動。

「謝……謝謝……」

我向艾希道謝，但女孩的眼神也十分冷淡。

「女神大人和勇者大人，很感謝兩位光臨，但我並不抱任何期待，因為已經沒人能打倒魔王阿爾特麥歐斯了。」

——魔王……阿爾特麥歐斯……！

一聽到伊克斯佛利亞的魔王之名，就有種難以言喻的嫌惡感流竄全身。或許是因為我前世遭他殺害，靈魂才會產生反應。

「要拯救這世界，已經不可能了。」

艾希平息暴動後轉身離開我們。民眾也有的吐口水有的咂舌，跟著作鳥獸散。

留在原地的只有滿身瘡痍的聖哉和我，以及路克神父和布拉特。

布拉特瞪著我。

「喂，女神，我記得妳的名字叫……『名字崩壞』對吧？」

「不，我叫莉絲妲黛……」

「這不重要。妳真的打算打倒魔王，拯救這個世界嗎？」

「是這樣……打算沒錯……」

「那妳有什麼能力？」

雖然想說「治癒」，但這個能力現在遭到封印。

「……鑑定吧。」

布拉特露出傻眼的表情。

「那種事我也會。沒有其他能力嗎？」

「我……我有翅膀，可以在空中飛。」

如果是莉絲妲之翼，只要得到伊希絲妲大人許可就能用……！

「執行神界特別處置法！」

我高聲大喊，卻什麼事也沒發生。

……好，果然還是不行。跟伊希絲妲大人也連繫不上。既然回不去神界，從一開始我就料想到會這樣。

「根本派不上用場嘛。」

布拉特用帶刺的眼神看我，我只好加強語氣。

「我……我不會死！女神是不會死的！」

「不死之身？真的嗎？」

布拉特不是問我，而是問身旁的路克神父。路克神父點點頭。

「傳說女神是不會死的。這位大人所言應該屬實。」

哼，怎樣？有稍微對我刮目相看了吧？啊……不……不過，仔細想想，敵人如果有連鎖魂破壞，還是殺得死我……而且在伊克斯佛利亞，無論是狼人還是布諾蓋歐斯，也都有這種武器……

我決定誠實以告。

「不過偶爾還是會死。」

「！偶爾會死是什麼意思！那就不是不死之身了啊！」

布拉特大叫完嘆了口氣，抓了抓頭。

「偶爾會死的女神配上次失敗的勇者，根本是在搞笑。看來老天爺果然不打算拯救伊克斯佛利亞啊。」

布拉特接著對我們投以冷淡的視線。

「不過既然來了，至少要有點用處。既然想打倒魔王，應該也能打倒他的部下布諾蓋歐斯吧？」

「那……那個……」

聖哉在蓋亞布蘭德打倒魔人化的戰帝時，等級是ＭＡＸ。如果要打倒擁有同等級能力值的布諾蓋歐斯，只憑現在的50級絕對不可能。不過……

「我知道了。我會去打倒他的。」

剛才似乎都有默默旁聽的聖哉，勉強撐起遭痛毆的身體，斬釘截鐵地這麼說。

「布諾蓋歐斯在鎮外建立能買賣人口的市場，並在那裡培養奴隸。你們就去打倒布諾蓋歐斯，解放那個地方吧。」

先不論要不要真的去跟布諾蓋歐斯打，總之這裡還是早點離開為妙。不過地上是高能力值魔物的巢穴，也好不到哪去。

「至少讓我們做準備吧！」

我對布拉特提出要求。就算要離開希望之燈火，也得先裝備武器和防具。

布拉特用鼻子哼了一聲，拍拍路克神父的肩，然後就這樣走了。留在原地的路克神父帶著慈祥的表情，指向某個坐在不遠處的草蓆上的男人。

「那裡就是道具店。」

就像蓋亞布蘭德那時一樣，伊希絲妲大人也有事先給我伊克斯佛利亞的貨幣。我從懷中拿出裝錢的小袋子，走向道具屋……但草蓆上陳列的道具中，發光石和農具占了大部分，其他也淨是日常生活用品。我原本期待有道具能解除聖哉的混亂，可是攤子上連藥草或解毒草都沒有。

總之我先買了草蓆上的麻料衣服，給只穿T恤和牛仔褲的聖哉換裝。這是為了不讓他太引人注目。

「吶，路克神父，除了道具店外，有武器店和防具店嗎？」

「很遺憾沒有。在這裡物資並不充裕。」

阿麗雅說得沒錯。在被征服的伊克斯佛利亞裡，的確找不到像樣的裝備。

我失望地垂下雙肩，身邊卻傳來沙啞的聲音。

「喂，你換了職業沒？如果想換，我來幫你換。」

那是一位門牙幾乎掉光的年邁男性。路克神父為我們介紹。

「這位是恩佐，是希望之燈火的『施洗者』。只要拜託施洗者，他就能會幫你從現在的職業轉職。」

聖哉露出不解的表情。

「我的職業不就是勇者嗎？」

恩佐搖搖頭。

「這個世界沒有叫勇者的職業……我來看看喔。這個嘛，你的職業是『魔法戰士』，而且是『火焰系魔法戰士』。」

雖然蓋亞布蘭德時期的聖哉學過各種系統的魔法，不過基本上還是偏火焰魔法。這次他也跟上次一樣，已經會鳳凰炎舞斬和鳳凰貫通擊等強力的火焰系魔法劍。

恩佐咧嘴一笑。

「你是結合魔法師和戰士兩種職業的上級職業『魔法戰士』，真不愧是勇者。不過如果放棄魔法戰士，就能選擇另外兩種不同類型的職業……你覺得怎樣？」

「不，保持現在的職業就好。」

聖哉不假思索立刻回答。謹慎時的聖哉或許還會詳細詢問，再三考慮……不過就現狀來說，我也贊成不轉換職業。魔法戰士是上級職業，應該沒其他職業能取代，而且突然轉職的話，要習慣可能很費時，我們現在根本沒這個閒工夫。

「好，我們就這樣出發吧。」

聖哉有些迫不及待，先一步走向希望之燈火的入口。當他接近大門時，路克神父像是想起什麼，說「請等一下」後小跑步離去。過了沒多久，他抱著一把劍鞘又跑回來。

「請帶這把劍去吧。雖然生鏽了，有總比沒有好。」

「謝……謝謝你！」

我向神父道謝並揮手道別。

這時我不經意看向身旁，發現聖哉表情熠熠生輝，還高舉起生鏽的劍。

「嗯，這下百分之百贏定了。」

「呃，別表現得好像『我拿到王者之劍了！』一樣自信滿滿好嗎？那把劍已經生鏽了耶。」

「總會有辦法的。」

「我想聽的不是這個，而是『一切準備就緒』……」

「那是什麼？」

「唉……」

我懷著快壓垮自己的龐大不安，離開了希望之燈火。

第五章　力量的差距

走完漫長的階梯後，在頭上出現木板。我和聖哉用手往上推開木板，爬出地底。

出了地板後，我環顧四周。骯髒的牆壁，破爛的家具……又是一間無人廢屋。不過跟路克神父帶我們到希望之燈火前相比，屋內的感覺卻不盡相同。

我戰戰兢兢地靠近窗子，窺視這附近一帶。外面的景色跟之前也不一樣。雖然走的是相同的漫長階梯，卻會因艾希的土魔法通往不同的廢屋。

遠方有獸人聚在一起，七嘴八舌吵吵鬧鬧。我再往那方向定睛凝視，看到有戴著項圈和手銬的人類排成一列。看來這裡很靠近布拉特所說的奴隸市場。

「吶，聖哉，你不用把布拉特的話當真。憑你目前的等級，絕對贏不了布諾蓋歐斯，所以最好是先設法解放市場的奴隸，這樣希望之燈火的那些人應該也會對我們刮目相看。總之我們先——」

當我邊窺視窗外的狀況，邊對聖哉說話時，發現一件不得了的事。

……聖哉竟帶著生鏽的劍，大搖大擺地在外面走！

「啥啊啊啊啊啊啊啊啊啊啊啊啊啊！」

我大叫一聲，連忙衝出廢屋，追在他後頭。

「喂——————！你到底在想什麼啊啊啊啊啊啊！」

我逮住聖哉，猛搖他的肩膀，聖哉一臉錯愕。

「當然是去打倒布諾蓋歐斯了，不然到外面來幹嘛？」

「我都說了不用打倒他，只要解放奴隸就好……咦……」

有十幾個獸人帶著狐疑的表情，盯著在大街上吵嘴的我和聖哉。

「喂……這些人類沒戴項圈耶。」

「難道是走丟的人類？」

嗚哇啊啊啊啊啊啊啊啊！完蛋啦啊啊啊啊啊啊啊啊啊啊！

我心臟噗通噗通狂跳，聖哉卻完全不為所動。

「反正都要戰鬥，這下也省了工夫。」

他把生鏽的劍扛上肩膀，朝獸人們走去。

「唔……？這個人類是怎……怎麼回事……」

也許是覺得聖哉大無畏的態度很詭異，獸人們不但沒襲擊他，還像傳說中神把海一分為二般讓出一條路給這個勇者。我也連忙跟在聖哉後頭。

——奇……奇怪？難道我們能就這樣順利地解放奴隸嗎……

不過前方數公尺的狐臉獸人還是猛然回神地大喊：

「喂喂！你們可別偷懶啊！快來人阻止這傢伙！」

「好……好的！」

聽到狐男的喝斥，附近的獸人立刻將我們團團包圍。

——這……這也難怪……哪有可能那麼順利……

一個表皮粗硬，貌似犀牛的獸人，在我的眼前舔舌頭。

「既然這些傢伙沒受到管理……」

狐獸人也開口附和。

「沒錯，就算把他們殺了吃掉，也不會受罰……」

聽到這危險的對話，我心中已有覺悟。

只……只好一戰了……！

我於是發動透視能力，查看犀牛、狐狸等包圍我們的五個獸人的能力值！每個獸人的攻擊力果然都在三萬以上！全是強敵！

不過獸人也還在觀察我們如何出招。我趁這空檔用力拔下一把頭髮。雖然痛，但我沒時間喊痛。

「聖哉，來，這給你！知道用法吧？」

「當然。」

聖哉點點頭，把我的金髮貼在自己的瀏海上。柔亮的黑髮跟金髮十分相襯，感覺就像還不錯的挑染……不過我還是忍不住大叫。

「不對啦啊啊啊啊啊！為什麼是當成髮片！要合成啦！」

「唔？合成？」

「特殊技能裡應該有吧！這把劍雖然生鏽，但原本是鋼之劍！用我的頭髮加鋼劍，就能做出白金之劍了！」

我邊解釋邊抓著聖哉的手，讓劍和頭髮貼合……劍立刻發出炫目強光，原本生鏽的劍轉眼間變成充滿神聖光輝的白金之劍。聖哉的表情也跟白金之劍一樣綻放光彩。

「真是一把好劍……！只要有這把劍，連魔王都打得贏……！」

呃，我想八成贏不了。應該說，連能不能擺脫眼前的困境都成問題。

這時狐男終於按耐不住，高聲大喊：

「上啦！我要當第一個！」

看到狐獸人突然飛撲過來……

「咿！」

我連忙縮起身子。聖哉衝到我面前，瞬間「喀嘰喀嘰」……從他握著白金之劍的手，傳出類似關節脫臼的聲音。

「連擊劍（Eternal Sword）……！」

剎那間，白金之劍在空氣中畫出數道殘影，迎擊狐男！等殘影一消失，狐男的身體隨即四分五裂，鮮血飛濺，化為十幾個肉片掉落地面！

「你……你……你這傢伙！」

眼看同伴被幹掉，其他四個獸人一起衝來！這數量用連擊劍來不及應付！

不過……

「爆殺紅蓮獄……！」

聖哉沒握劍的另一隻手被業火包圍！在那些獸人打到聖哉前，從他手上發出的業火就已經像鎖鍊般往外擴散，以熊熊烈焰吞噬牠們！

「呀啊啊啊啊啊啊啊！」

隨著淒厲哀嚎化為火球的獸人們，沒多久就被爆殺紅蓮獄的超高溫燒到焦黑，當場倒地不起。

聖哉把還在熊熊燃燒的手往前伸。

「……如果不想燒成焦炭，就給我讓路。」

聽到聖哉這句話，四周旁觀的獸人都畏畏縮縮地往後退。聖哉就這樣大步向前走。

——一瞬……瞬間就解決四個獸人！在蓋亞布蘭德的時候，因為這一招只拿來收拾善後或當閃光彈用，所以我一直沒發現……原來爆殺紅蓮獄是這麼厲害的上級火焰魔法！

不過在驚嘆之餘，我也察覺到一件事。即使渾身焦黑，仍憑著堅韌外皮熬過烈焰的犀牛人，正打算從背後偷襲聖哉！

「聖哉，後面！那傢伙還活著！」

我大叫，聖哉卻頭也不回！被烈焰包圍的白金之劍，則同時通過聖哉腋下，貫穿犀牛獸人的眉頭！

「鳳凰貫通擊……！」

目睹犀牛獸人在聖哉喃喃自語的同時倒地……

「這……這個人類是什麼來頭！」

「強得要命啊！」

四周的獸人完全失去戰意，而我也吞了口口水。

——雖然性格變得衝動……不過罕見的戰鬥直覺依然健在！不管是謹慎還是衝動，龍宮院聖哉都絕對是奇才！

在情緒亢奮的我眼前，在豁然開朗的視野前方，有十幾個繫著鎖鍊的奴隸！

「聖哉！總之先解放那裡的奴隸！之後再回希望之燈火一趟！」

我跟著聖哉一起衝向奴隸……

「已經沒事了！」

趁聖哉用眼神牽制四周獸人時，替一臉畏怯的奴隸解開手銬和腳鐐。

可是，我才剛解開最後的枷鎖，四周卻突然一片嘩然。

「喂～～～～這裡到底在吵什麼～？」

這個粗啞又拉長語尾的熟悉嗓音，讓我聽了背脊發涼。一個龐然大物撥開獸人群，在我們面前現身。

「騙……騙人的吧……？竟然選在這個時候……！」

統治這個鎮的半獸人——獸魔布諾蓋歐斯，正朝這裡緩緩逼近！

他看到我和聖哉，就搔搔脖子悠哉發問：

「喔喔，你們該不會就是女神和勇者吧～跟雜色髮的惡魔說得一樣呢～他說『最近應該會有神的使者來解放奴隸』呢～」

——「雜色髮的惡魔」？那個惡魔能感應到我們的動向？入侵統一神界的狼人也是受那傢伙的指引嗎……？

或許是因為布諾蓋歐斯現身感到安心，我和聖哉周圍的獸人再次集結起來！數量大約有幾十個！但布諾蓋歐斯卻對獸人們搖了搖粗壯的手。

「你們可以退下了～這裡就交給我吧～」

幸運突然降臨！我於是對聖哉耳語！

「聖哉！這是個好機會！快用爆殺紅蓮獄讓布諾蓋歐斯暫時失明，再帶奴隸逃跑吧！」

「即使頭目就在眼前？」

「我都說你打不過他了！現在要以奴隸的性命優先！沒錯吧！」

「這個嘛……的確是。」

我勉強說服聖哉，但布諾蓋歐斯似乎預料到我們的行動，發出「噗嘿嘿嘿」的賊笑聲。

「你們可別想逃～要是逃跑了，我就扯斷這奴隸的頭～」

布諾蓋歐斯不知何時單手挾持了一個衣著襤褸的女子。女子的脖子被他勒緊，痛苦呻吟。

勇者銳利的眼眸緊盯著布諾蓋歐斯不放。

「女神大人，我們不能捨棄那個人質。如果要離開這裡，必須先打倒布諾蓋歐斯，解放所有奴隸才行。」

嗚嗚！以一個勇者來說，他這句話是對的！可……可是，他對上布諾蓋歐斯根本毫無勝算……！

布諾蓋歐斯知道聖哉有意一戰，便把女奴隸往自己身後一推，將手伸向背上的斧頭。

「這是叫……連鎖魂破壞對吧～？只要被這個砍到，女神和勇者就不能復活了～」

「你……你怎麼會有那個！那也是『雜色髮的惡魔』給你的嗎！」

「沒必要告訴妳～」

……就在我的問題分散布諾蓋歐斯的注意力時，聖哉的劍已冒出火焰！布諾蓋歐斯還來不及拔出斧頭……

「接招吧……！鳳凰炎舞斬……！」

聖哉就勢如破竹地砍向布諾蓋歐斯！不過布諾蓋歐斯卻一臉從容地深吸一大口氣！突

然間，我的頭髮和衣服變得凌亂！這股吸力強大到幾乎把四周物體都吸進去！他接著透過嘴巴，將吸入的空氣噴向衝過去的聖哉！

「嗚……！」

產生的強風逼聖哉停下動作！覆蓋在聖哉劍上的烈焰，也彷彿蠟燭被吹熄般消失！

「噗嘿嘿嘿嘿。火會延燒的，得趕快吹熄才行～」

布諾蓋歐斯用蠻力封住魔法劍，聖哉則順勢衝進布諾蓋歐斯的懷中。

「既然這樣……看我的連擊劍……！」

聖哉見布諾蓋歐斯因封住鳳凰炎舞斬而暫時鬆懈，趁機使出雅黛涅拉大人的絕招！雖然這臨場反應讓我在心中發出喝采……

「嗯？你這是在幹嘛～？」

但布諾蓋歐斯明明承受聖哉使出的所有連擊，卻完全不見任何損傷。

聖哉不死心地繼續施展連擊劍，手臂的動作竟戛然停止。仔細一看，竟然是布諾蓋歐斯握住白金之劍的劍身，阻止聖哉出招。

「雖然不怎麼痛……不過你……真的很煩耶——————！」

布諾蓋歐斯舉起另一隻粗壯手臂，狠狠給了聖哉的腹部一拳！聖哉的雙腳隨著悶響從地面懸空。

「嘎哈……！」

「聖哉！」

聖哉只吃了一擊就倒地。布諾蓋歐斯露出傻眼的表情。

「什麼～？已經結束了～？根本就不需要斧頭嘛～所謂的勇者原來這麼弱嗎～？不……是我太強了嗎～？」

聖……聖哉簡直像嬰兒一樣無助！這樣果然行不通！

不過這一點我也早有預料。憑聖哉現在的攻擊力，連要給布諾蓋歐斯擦傷都辦不到，畢竟能力值原本就相差懸殊。

——已經顧不得救奴隸了！總之得趕快逃出這裡……！

我出於本能想跑去聖哉那裡，不料犬獸人竟擋在我面前！一股強烈衝擊同時襲上我的脖子！

「嗚……！」

我吃了獸人的手刀，也跟聖哉一樣倒在地上。

意識逐漸朦朧之際，布諾蓋歐斯掛在背後的斧頭映入眼簾。

——唉……接下來靈魂就會被那把斧頭破壞……我們的冒險也將在此結束……

「嗚……嗚嗯……」

不知過了多久，我摀著被打的脖子坐起身來。

四周一片昏暗，眼前出現很粗的鐵柵。看來是在類似監牢的地方。隔壁也有相同的鐵柵牢房。而在那牢房裡……

「聖哉？」

劍被拿走手無寸鐵的聖哉正躺在地上，身體蜷縮成く字型。

「吶，你還好嗎！振作一點！」

「唔……唔嗯……」

聖哉大概是聽到我的呼喊，勉強撐起上半身。他摀著被打的肚子，表情痛苦，但至少生命沒有危險。

「太好了！幸好你沒事！」

就在我這麼說的瞬間……

「……好不好還很難說呢。」

立刻有聲音從背後傳來。我回頭看到牢房角落的女子，鬆了一口氣。那是當時被布諾蓋歐斯當成人質的女子。

「幸好妳也沒事！其他奴隸呢？」

「我不知道。不過既然不在這座地牢裡，很可能是布諾蓋歐斯暫時解除咒縛之球的效力，把他們都賣到鎮外去了。」

「怎……怎麼這樣……！」

「哎呀，他們算幸運了，至少還活著。有問題的是我們……」

女子用閒聊般的口吻說：

「等下布諾蓋歐斯要拿我和妳來祭五臟廟。」

「啥……啥啊！意思是我們要被吃掉嗎！這個鎮不是生產奴隸的地方嗎？連布諾蓋歐斯自己都這麼說……」

「表面上是這樣沒錯，但他其實有在偷吃年輕女孩。喔喔……說人人到，差不多也該死心了。」

巨大的半獸人踩著沉重步伐現身。他首先查看關著聖哉的牢房，露出獰笑。

「我要活捉勇者獻給葛蘭多雷翁大人～噗嘿嘿嘿嘿，葛蘭多雷翁大人會誇獎我吧～」

他滿意地摸摸肚子，再來到我和女奴隸所在的牢房前，隔著鐵柵目不轉睛地打量我們。

「我抓住勇者立下大功～所以犒賞一下自己也不為過吧～」

他用口水直流的醜惡臉孔對著我。

「那麼～就先從女神開始吃起吧～」

第六章　終結的世界

就算女神是不死之身，如果身體被一口吞掉完全消失，就會被強制送回神界！

「你……你是在開玩笑吧……？」

但布諾蓋歐斯卻打開我所在的牢房門鎖，大步走了進來！

「住……住手，布諾蓋歐斯……！」

從隔壁牢房傳來聖哉痛苦的呼喊，布諾蓋歐斯卻依舊不以為意地抓住我的手臂，硬要我站起來，再把臉湊近我的胸部，讓興奮的鼻息噴上我的胸口。

「不……不要……！住手……！」

布諾蓋歐斯用下流至極的臉孔注視害怕發抖的我……卻突然臉色一沉。

「奇怪，奇怪，奇怪了～這個女神……怎麼會有股酸臭味～？」

「……咦！」

「這樣不行啦～已經爛掉了～我看還是別吃比較好。」

「等……等一下，騙人的吧！」

布諾蓋歐斯放開手，讓我當場跌坐在地。隔壁傳來聖哉雀躍的聲音。

「女神大人！幸好妳爛掉了呢！」

布諾蓋歐斯則像在附和聖哉般說：

「我可是美食家～不想吃爛掉的怪東西～」

直到剛才我還怕得要命，現在卻為了別的理由而抖個不停。

「誰是『爛掉的怪東西』啊！你這傢伙——————！我可是女神喔！給我改過來啊啊啊啊啊啊！」

「不管妳怎麼說，臭就是臭～」

「我才不臭！給我吃！給我試吃一點看看啊！喂————————！」

這個奇恥大辱令我怒髮衝冠，甚至覺得被吃掉還比較好。布諾蓋歐斯把我晾在一旁，改走向後面的女子。

「還是選這個好了。」

「什麼！你應該先吃我吧！」

我憤慨地擋在中間，布諾蓋歐斯把我一把推開，將女子帶出牢房，將門鎖上。接著他像要故意做給我們看一般，用粗壯的手指抬起女子的下顎。

「妳的皮膚好白，看起來很好吃～當奴隸有點可惜呢～」

布諾蓋歐斯停下原本撫摸下顎的手，用長著黑爪的食指刺她的臉頰。

「……嗚！」

女子輕輕叫了一聲，鮮紅的血自臉頰滴落。布諾蓋歐斯舔舔手指上沾到的血，咧起嘴角獰笑。

「好吃，果然很好吃～這是上等貨色呢～本來想慢慢品嚐，但要是被其他獸人看到，會成為不好的示範～所以沒辦法，只好在這裡吃掉了～」

雖然被瞧不起讓我怒火攻心，但遇上眼前有人類要被吃掉的情況，仍難免臉色發青。人在隔壁牢房的聖哉也跟我一樣。

「住手，布諾蓋歐斯……！不准對那位女性下手……！」

看到聖哉把鐵柵搖得匡啷作響，布諾蓋歐斯露出愉快的笑容。

「不行～我現在就要吃掉她～你們就在那裡看著這女人被吃吧～」

「快……快住手，布諾蓋歐斯！」

我也猛搖鐵柵。不過這面鐵柵連聖哉都破壞不了，我當然無能為力。布諾蓋歐斯愉快地看著我們抵抗的樣子。

「沒用的～這些鐵柵連我要破壞都很費力～你們不可能弄得壞～」

「可惡……！」

我用拳頭敲打鐵柵，布諾蓋歐斯就問：「怎麼了～？」並投以好奇的眼神。

「怎麼會……怎麼會變成這樣……！要是平常的聖哉……謹慎的聖哉……就不會發生這種事了……！」

我忍不住口出怨言。

「……女神大人。」

我回過神，發現聖哉從隔壁望著我。

「抱……抱歉，你沒錯，這都要怪我。是我害你失去記憶，事情才會變成這樣……」

「妳說我失去記憶……那如果是恢復記憶的我，能救得了那位女性嗎？」

老實說，我不認為光是改變性格就能克服這個困境。但即使如此，我依舊懷著完全不同次元的期待。

只要換成那個謹慎到超乎想像，沉著冷靜，富先見之明的勇者，無論何種局面都能扭轉逆勢——這就是我的期待……！

「嗯，是有這個可能。畢竟你吸收了之前在伊克斯佛利亞失敗的經驗，精神上變得非常強韌。」

「……這樣啊。」

這時從隔壁牢房，突然傳來比之前更用力敲打鐵柵的聲音！

「咦……？」

我一看，原來聖哉正在用頭撞鐵柵！

「聖……聖哉！」

布諾蓋歐斯也為聖哉的詭異行徑目瞪口呆。

「啊～？你到底在幹嘛～？」

額頭一次又一次撞上鐵柵，鮮血直流。聖哉卻依舊不肯停止。

「如果能救那位女性……我身體怎樣都無所謂。」

「我……我說你幹嘛用這種方法！太亂來了！」

「不要緊。我在原來的世界裡，只要電視畫面沒出來，都是用這種方法修好的。」

「！聖哉，你又不是電視！」

真是胡搞瞎搞……不過這個聖哉也是用自己的方式在拚命想辦法。我深切感受到他的努力，不禁感到心痛。

……等聖哉的頭不知撞了幾次後，原本興致勃勃地旁觀聖哉此舉的布諾蓋歐斯，也終於感到無趣，打起呵欠。

「那麼，也差不多該來享用了～」

他看向女奴隸，舔舔舌頭。

正當絕望朝我大舉襲來時……

「……沒關係。」

有個聲音突然響起。

「沒關係……我無所謂。」

那是被布諾蓋歐斯抓住的女子的聲音。

「我當然害怕被吃掉，不過只要忍受這種痛苦，就能脫離這個地獄……」

「妳……妳說什麼？」

明明等下就會被殺來吃，女子卻依然對我露出溫柔的微笑。

「畢竟……這世界早已結束了……」

當她萬念俱灰的話語響徹四周時……

「啪嘰啪嘰啪嘰」！

從隔壁牢房傳來某個物體粉碎的聲音。

「怎……怎麼了～？」

我跟布諾蓋歐斯一樣，也看向聖哉所在的牢房……結果大吃一驚！原本堅固的鐵柵竟碎裂崩落！滿頭鮮血的聖哉身體一扭，從裡面鑽了出來！

「我到底……要重蹈覆轍幾次……？明明當時就已覺悟到，這樣無法拯救世界……」

比剛才低了一階的聲調，讓我不禁心悸一下。

——難……難道是……！嗯，不會錯的！因為明明是同一人，四周的氣氛卻立刻緊繃起來……！

聖哉把沾血的髮絲往上撥，輕輕呼出一口氣，走到布諾蓋歐斯面前。

「這是怎麼回事～？你是怎麼弄壞那個鐵柵的～？」

等聖哉跟布諾蓋歐斯以極近距離展開對峙後，我對聖哉發動透視能力，確認他的能力值。

《狀態：正常》

很好！混亂果然痊癒了！謹慎勇者復活！不……不過，就算個性改變，能力值也不會跟著改變！憑聖哉目前的狀態，不可能打倒布諾蓋歐斯！該怎麼辦，聖哉！

聖哉用沾了自己的血的手，碰了布諾蓋歐斯的大腿一下。布諾蓋歐斯頓時臉色大變。

「你……你這傢伙————！竟敢用髒手碰了本大爺布諾蓋歐斯的身體啊啊啊啊啊！」

「我不只是碰，而是破壞。」

「……啊？」

突然「啪」一聲！彷彿把果實摔在地上的聲音一響，布諾蓋歐斯的大腿就跟著裂開，汩汩流出黑血！

「啊……啊啊……啊啊啊啊啊啊啊啊啊啊啊！」

起初還搞不懂發生什麼事的布諾蓋歐斯，痛得整張臉扭曲起來！當他放聲大叫，單膝跪地時，頭上傳來聖哉冷淡的聲音！

「第一破壞術式（First Valkyrie）……掌握壓壞（Shattered Break）……！」

——瓦爾丘雷大人的破壞術式……！他……他想起來了嗎！而且……沒錯！這是無視防

禦力的破壞技！所以對等級高的布諾蓋歐斯一樣能發揮作用，連堅固的鐵柵也照樣破壞！

聖哉趁布諾蓋歐斯還蹲在地上，把我的牢房的鐵柵也一併破壞。當我脫離牢房，想靠近聖哉時……

「莉絲妲，別過來，退下。」

聖哉以手勢向我示意。聽到他終於叫對我的名字，我的心情暗自亢奮起來。

「你……你……你……你竟敢……！」

布諾蓋歐斯摀住受傷的腿，站起身來。

「區區一個人類，還真是好大的膽子啊啊啊啊啊啊啊啊啊啊啊啊啊啊啊啊啊啊！」

布諾蓋歐斯本性畢露。他眼睛充血，露出獠牙，用獰猛的表情瞪著聖哉，不過聖哉完全不為所動。

「『區區一個人類』？你最好別以為我還是之前的我。」

聖哉一說完，身體就發出火焰。火焰包圍我和女奴隸，像在守護我們。

「接下來我就讓你見識一下，由天上的破壞神所傳授的究極絕技。」

「有意思……太有意思了，你這個混蛋啊啊啊啊啊！來吧，我要好好報一箭之仇啊啊啊啊啊啊！」

……現在我、聖哉，以及被聖哉牽著手的女奴隸，正氣喘吁吁地往階梯上猛衝。

「走完階梯後……記得是往右。這樣就能逃出這個地牢……」

在女奴隸的指引下，聖哉不停奔跑。我問聖哉：

「要……要逃嗎……？你不是都撂下那樣的狠話了……？」

「嗯，其實我破壞術式只想起那一招。剛才真的好險。」

「原來是這樣啊……」

「在那種情況下應該沒人會逃，就算他馬上察覺不對勁想追來，我也已經讓他的腿受傷。只要再甩掉其他獸人，要逃應該沒問題。」

「啊！可是聖哉，就算逃出這裡，也沒辦法回統一神界！魔導具的力量讓通往神界的門出不來！」

「我衝動時期的記憶也有合併進來，所以我已經完全掌握現況。既然回不了神界，就先回地下集落『希望之燈火』，在那裡進行準備。」

「準……準備？準備什麼？」

「當然是打倒那個魔物的準備。」

——不……不靠神界的修練就要打倒布諾蓋歐斯？可……可是……！

我看著他精悍無比的凜然臉龐，心中不禁這麼想。

怎麼了？這股安心的感覺是怎麼回事？沒錯！果然龍宮院聖哉就是要這樣才行！這才是我最愛的達令！

我心中無比感動，想挽住聖哉另一邊的手，不料聖哉「啪」地一聲打掉我的手。

「喂，不要裝熟隨便碰我。」

「咦……？」

奇……奇怪……？記憶不是恢復了嗎……？是……是在害羞嗎？一定是吧……？

第七章　拳頭和約定

雖然途中遇到幾個獸人，也都靠聖哉的火焰魔法平安閃過。我們穿過廢屋的地板，一路走下通往希望之燈火的階梯。

能從布諾蓋歐斯手下逃離是很好，但想起那場在希望之燈火發生的暴動，心情還是很鬱悶。不但沒打倒布諾蓋歐斯，解放的奴隸也只有走在我背後的女性一名……雖然比兩手空空好一點，還是能想見布拉特和民眾到時會有多惱怒。

階梯走到盡頭後出現一道門。我敲響門上的金屬把手。當門一打開，在魔光石照耀的廣大空間中，希望之燈火的人民一起看向我們。布拉特和看似他夥伴的年輕人們走了過來。

布拉特來到我們面前，瞪向聖哉。

「所以……你們打倒布諾蓋歐斯了？」

「不，沒有。」

咬牙聲隨著聖哉的回答響起，之後布拉特瞄了一眼女奴隸。

「其他的奴隸呢？」

「只有解放這個女的。其他人都被賣到鎮外。」

「喔……這樣嗎……」

布拉特突然揪住聖哉的胸口，將臉湊近出言威嚇。

「你這樣好意思自稱是勇者嗎……！」

我還沒開口，獲救的女子就幫忙緩頰。

「別這樣！是這個人救了我啊。」

布拉特聽了把手放開，還順便推聖哉一把。

「是啊，沒錯，連布諾蓋歐斯都沒打倒，只帶了個奴隸回來，這傢伙還真是最棒、最可靠的勇者呢。」

「等……等一下！你怎麼這麼說！聖哉他也很努力了！」

他說得太過分，讓我忍無可忍地大叫。而圍繞布拉特的那群年輕人，也對聖哉投以輕蔑的眼神。

「你們看那傢伙頭上的傷。」

「是被布諾蓋歐斯狠狠修理，為了保命才勉強逃回來的吧。」

不知不覺間，希望之燈火的民眾都聚集到我們四周。無論男女老幼全一鼻孔出氣。

「真是丟臉的勇者！」

「你這個廢物！」

只見他們又開始痛罵聖哉，氣氛越來越緊張，令我如坐針氈，聖哉則只是默默地靜觀其變。

不久後，布拉特用不屑的語氣說：

「喂，你現在再去一次奴隸市場。這次一定要打倒布諾蓋歐斯。」

聖哉搖搖頭。

「不行，我得做準備。」

「快去……」

「我拒絕。」

布拉特的眼神頓時變得淩厲，手臂用力往後拉。

「是你讓世界變成這樣的！你沒有權利拒絕！」

當他正要朝聖哉揍下去時……

「鏘！」

突然響起震耳的巨大聲響。然後……

「哈披噗……？」

直到剛才還壓低聲調口出惡言的布拉特，忽然眼神變空洞，發出丟臉的聲音！不過這也難怪！仔細一看，原來聖哉的拳頭就砸在布拉特的頭頂上！

「吵死了。」

聖哉一開口，布拉特便同時口吐白沫，當場倒地！

——什……什……什……什……什……！

在眼前上演的慘劇，讓我鼻翼不斷抽動，嘴巴開開合合。

「「「什麼————————————！」」」

就像在代言我的心情般，布拉特身旁的年輕人齊聲大叫！

「你……你……你……你這傢伙！」

「你……你知道自己剛才做了什麼嗎！」

「救不了世界，打不倒布諾蓋歐斯就算了，竟……竟然還對布拉特大人動手！」

聖哉毫無愧疚地開口：

「吵的人就吃拳頭。」

他接著站到布拉特的夥伴面前……

「你們也很吵。」

將拳頭高舉過頭……

鏘！

「咕哇呼！」

「你……你在做什——」

「你也吃拳頭吧。」

鏘！

「摸呸！」

鏘！鏘！鏘！

勇者超乎尋常的手勁，讓那些年輕人一個個口吐白沫，趴倒在地！

大概是看不下聖哉的暴行了，那些年長婦人也擋在聖哉面前。她們就是之前謾罵我並嘲笑阿麗雅的女人們。

「你……你竟敢這麼做！」

「對啊！再說沒救到世界的你本來就是元凶！」

「你根本是惱羞成怒吧！」

——該……該怎麼辦，聖哉！對方畢竟是普通的女人，應該沒辦法拳頭伺候吧……！

我才剛這麼想……

鏘！

就出現好大的聲響！同時我也懷疑起自己的眼睛！

勇者的拳頭竟然打在大嬸的頭頂上！

「啊嘿……！」

大嬸發出可憐兮兮的叫聲，倒了下來！

「聖……聖……聖……聖哉！這樣做未免太過分了！」

「是……是啊！我們是女人耶！」

「那又怎樣？」

鏘！

「嗚咿……！」

又有一個大嬸倒地！我嚇到面無血色！

——這……這……這……這男人有夠誇張！老實說，剛開始感覺還挺爽快的！可是……好可怕！一旦做到這種地步，只會讓人退避三舍！

不料施暴到一半，又出現新的聲音。

「住手！你要對我媽媽做什麼！」

那是個還很年幼的男孩。看來在吃了聖哉的拳頭倒地的女人中，應該有他的母親。

「你這個笨勇者！笨勇者！」

小男孩不停捶打聖哉，出言咒罵！

——住……住手啊，聖哉！你應該不至於那麼做吧！我……我都知道喔！你這個人其實很溫柔的，對吧！

然而……

鏘！

「嘩呼……！」

勇者的拳頭依舊落在那孩子的頭頂上！男孩翻白眼倒地後，聖哉對他撂下狠話。

「壞孩子也要吃拳頭。」

！他連對小孩也毫不留情照打不誤啊啊啊啊啊啊啊啊啊！是生剝鬼！這勇者是專門懲罰壞小孩的生剝鬼吧！這樣真的沒問題嗎？就各種層面來說都令人懷疑啊！

我不免膽戰心驚！希望之燈火陷入一片嘩然！勇者則把掌骨弄得喀嘰作響！

「有夠麻煩的，快給我排成一列。我要讓你們全部吃拳頭。」

聖哉面前的四十幾歲男人連忙辯解。

「我……我什麼也沒說喔！沒……沒錯！雖然其他人有說你壞話——」

「閉嘴。」

鏘！

「我……我其實之前就一直覺得你很帥——」

「好吵。」

鏘！

「拜……拜託！救救我——」

「不行。」

鏘！

民眾找藉口！照樣挨拳頭！

我已經坐也不是站也不是。

「聖哉啊啊啊啊啊！住手！拳下留人啊————！」

沒想到……

鏘！

「喔呼……！」

我頭頂也挨了他一記鐵拳！雖然差點翻白眼昏過去，我還是勉強撐住！

「喂……喂……喂————！為什麼連我也打！」

但聖哉毫無歉疚之意，甚至用遇到仇人般的眼神看我。

「……莉絲妲。」

「咦？怎……怎……怎樣？」

聖哉平常感情不太外露，現在卻滿臉漲紅。

「我剛才深自反省過了。之前在神界對妳敞開心房，讓妳進召喚之間，根本就是個錯誤。所以我才會像這樣在準備不足的情況下，被迫挑戰難度ＳＳ的世界……」

咿！他超……超生氣的！難不成他對民眾的「鐵拳連環擊」，原因其實是出在對我的憤怒嗎？

「當初我原本預定在統一神界把等級封頂，跟拜託阿麗雅介紹的神進行修練，等學會新特技後才出發……」

空氣中充滿一觸即發的火藥味！不管怎樣先道歉再說！

「對……對不起！真的很抱歉！聖哉……！」

我誠懇地深深一鞠躬，聖哉卻說：

「不，莉絲妲，錯不在妳，要怪就怪我自己。」

「聖……聖哉……！」

太好了！他果然很溫柔！還是勉強原諒了我！這也是當然的！畢竟我們被命運的紅線綁在一起……咦？嘎啊啊啊啊啊！

聖哉竟然用鬼一般的表情咬牙切齒！

「沒錯……全都怪我太輕忽了……！竟然對妳這種『非人類』敞開心房……！」

「！『非人類』是指我嗎！」

「除了妳還有誰……？」

他看我的眼神很冰冷，跟蓋亞布蘭德那時一樣降到絕對零度。

「不……不不不不！等一下！請等一下！拜託你快想起來，聖哉！我們可是從前世就結下深厚的羈絆……」

「閉嘴。就算前世是情侶，不代表這輩子也得這樣。再說妳是女神，我是人類，本來就不可能成為那種關係。」

「騙……騙人的吧！快告訴我這些話都是假的！」

「我過去畢竟跟妳有段孽緣，所以會繼續拯救這世界。不過妳可別誤會，這不是愛，而是義務。」

「孽緣……！義務……！」

還……還不能放棄！即使嘴上這麼說，靈魂深處一定還是很重視我！我就是知道！

為了調查聖哉真正的想法，我發動鑑定技能。

☆莉絲妲的心跳加速戀愛鑑定☆

◎他跟妳的愛情度是？　『2分』

◎對他來說妳是？　『比雜草還不如』

◎一句小建議！　『愛情完全冷卻，要重修舊好幾乎不可能，還是早點談分手吧！』

！嗚哇啊啊啊啊啊啊啊啊啊啊啊啊啊啊啊啊！不但不如雜草，還完全冷卻了啊啊啊啊啊啊啊啊啊啊啊！

我受到過大的打擊，顫抖地靠近聖哉。

「不……不要……！我不要這樣……！明明進展得很順利啊……！」

「別過來。」

「快想起來啊！想起那些相親相愛，光輝燦爛的日子啊！」

「那是我人生最不堪回首的黑歷史。還有，我已經警告妳別過來了。如果再接近，到時可不是吃拳頭那麼簡單。」

「不要啊啊啊啊啊啊！聖哉是屬於我的啊啊啊啊啊！」

當我飛撲過去要抱住他的瞬間……

「……啊噗！」

聖哉以右直拳命中我的臉頰！再無縫接軌地往心窩補上一記膝擊！

「……咕齁喔！」

更強烈的肘擊襲上右邊的乳房！

「歐派啊啊啊啊啊啊！」

又打又踢又戳奶——這恐怖的三連擊讓我趴倒在地。

「嗚咕嗚嗚嗚嗚……咿嗚……啊嗚嗚嗚嗚嗚……！」

我正痛苦呻吟時，身旁的布拉特好不容易克服鐵拳的衝擊，再次起身。

「這……這傢伙太糟糕了……！連對夥伴也照打不誤！喂……喂，女神！妳還好吧！」

布拉特看到聖哉過度施暴，忍不住對我心生同情。不過……

——這……這乳房的痛楚……！呵呵……好懷念喔……！而且……這下氣勢也出來啦！很好……比對人下跪磕頭要好多了！這才是億中選一的奇才！這才是拯救了難度S的蓋亞布蘭德，過度謹慎又我行我素的勇者——龍宮院聖哉啊！呵呵呵呵……哈哈哈哈哈……

「哇——哈哈哈哈哈哈！」

「！呃，都受到那種對待，竟然還能大笑？這個女神也很不妙啊！」

布拉特連忙退後遠離我。聖哉接著瞪向希望之燈火的居民。

「來吧……繼續吃拳頭。」

「咿——————！」

民眾陷入絕望。但就在這時……

「……勇者大人，請您住手。」

有個雖然年幼卻中氣十足的聲音響徹四周。

包括我在內的所有人的視線，都望向在地底做出這個聚落的土魔法師艾希。

艾希微微低頭，開口解釋：

「他們自己也很明白。其實真正的錯不是在你，而是在魔王身上。但即使這樣，因為魔王失去夥伴和家人的他們……如果不把這股憤怒的矛頭指向你，就無法一吐心中的怨氣。」

「艾……艾希大人……」

有人用顫抖的聲音喃喃低語。等回過神時，其中已經有人開始掉淚。

「而且勇者大人，你的確有發過誓。雖然你應該不記得了，但你的確也對我許下承諾……」

艾希望向天花板上閃閃發亮的魔光石，繼續開口。

「你說：『我要打倒魔王，拯救這個世界。』可是……你卻敗給魔王，連……連兄長大人也一起……被……被……被殺了……」

眼淚撲簌簌地滴落地面。之前一直表現成熟的艾希，終於像個符合她年齡的孩童般嚎啕大哭起來。

「嗚嗚……兄長大人……兄長大人……！」

「艾希……！」

不光是我，希望之燈火的民眾也只能眼巴巴地看著艾希啜泣。

這時聖哉用傻眼的語氣說：

「承諾要打倒魔王？那傢伙真蠢，都怪他一時興起發下那種誓，才會讓事情變成這樣。如果要發誓，必須先詳細擬定計畫，確定有完全的勝算才行。」

「呃……不是都說了，那個……就是你發的誓……」

布拉特戰戰兢兢地提醒聖哉。

「管你的，那既是我也不是我。再說，我現在還不清楚魔王的實力，所以也不能隨便對你們許下『我會打敗魔王』的誓言。」

聖哉點出眾人都心知肚明的現實後，四周的氣氛變得消沉。

在凝重的氣氛中，聖哉走近哭泣的艾希。

「不過……即使這樣，有件事我倒是能確實地向妳保證。」

聖哉對艾希高舉起手。

「聖……聖哉！不行啊！那孩子沒做錯任何事！」

民眾也跟我一樣大喊。

「住手！別對艾希大人動手！」

「是啊！要打就打我吧！」

眼看勇者的大手揮了下來，艾希「咿」的一聲輕輕倒抽一口氣，反射性地閉上眼睛。

不過聖哉只是把手放上艾希的頭頂，用銳利的眼神看著她並開口：

「艾希，今天我要第一次許下真正的約定。」

「真正的……約定……？」

艾希小心翼翼地反問。突然間，一股靈氣從勇者身上噴發而出。看到聖哉發出鬥氣，希望之燈火的民眾全忘了挨打的憤怒，只是出神地望著他。

「我一定會從布諾蓋歐斯的統治下解放這座城鎮。」

第八章　新職業

發表解放宣言後，聖哉去找能改變職業的施洗者恩佐。我也提心吊膽地跟在聖哉後面。

「哎呀，是那位小哥。想轉職了嗎？」

年邁的恩佐咧起門牙快掉光的嘴，笑了一笑。

「嗯，不過在那之前，我有問題想先問。轉職後還能恢復原本的職業嗎？」

「嗯，可以啊，沒問題。」

「真的嗎？要是你敢說謊……我就扯斷喔。」

恩佐臉上的笑容頓時消失。

「這位小哥好可怕啊，不明講要扯斷什麼也很可怕。不過我說的是真的。你只要來這裡，我隨時都能幫你轉回原來的職業。」

「那麼下一個問題。轉回原職業時，能一併繼承學會的技能嗎？」

「那可不行。轉回原職業就會忘了。不過只要回到那個職業，就會再想起來……」

之後聖哉繼續針對轉職，對安佐進行詳細的詢問。

聖哉似乎想換職業，但就我的立場來看，心情實在很複雜。他不惜捨棄上級職業魔法戰士也想換的，到底是什麼職業？就聖哉的情況來說，如果不做魔法戰士，雖然能身兼兩職，但代價是完全無法使用像鳳凰炎舞斬或鳳凰貫通擊等強大的招式……

「現在小哥你能選擇的職業，大概是這些……」

恩佐這麼說完後，對聖哉提示了以下職業——

「武鬥家、槍兵、魔法師（風、雷、土）、商人、算命師、愉快的吹笛手」。

嗯，有很多種類型呢。哎呀，竟然連算命師和愉快的吹笛手這種「廢職」都有！啊哈哈哈……哎呀，不能這樣！得認真思考才行！

想打倒布諾蓋歐斯的話……要選「槍兵」嗎？或許能學到像鳳凰貫通擊一樣強力的突刺技。至於第二個職業，果然還是得選「魔法師」吧。可以維持現在的「火」，不然改成「風」或「雷」也不錯。

但聖哉卻對恩佐說：

「首先我要選『魔法師』，屬性是——『土』。」

「咦！土魔法？那不就跟艾希一樣了嗎！」

這完全出乎我的意料，把我嚇了一大跳。聖哉瞪了我一眼。

「怎麼，原來妳也在？」

「我當然在啊！難道你還在生氣嗎！都對我又打又踢又戳奶了，差不多也該原諒我了吧！」

「總之，不准對我選的職業有意見。」

「可是，你選了土魔法吧？那種魔法不適合拿來攻擊。即使有地裂那種能打倒敵人的招式，還是不值得你放棄強大的火焰魔法喔。」

「吵死了。土魔法是副職業，主職業是別的。」

啊，對喔！他想以專精攻擊的職業，如槍兵之類的當主職業，再用土魔法當輔助吧！嗯，如果這樣的話……

我才剛放下心來，聖哉就對恩佐說：

「主職業是『愉快的吹笛手』。」

「！呃，騙人的吧！吹笛手？你在開玩笑吧！」

兩人把錯愕的我晾在一旁繼續對話。

「那麼小哥，主職業是『愉快的吹笛手』，副職業是『土魔法師』，這樣可以嗎？」

「嗯，可以。」

「不不，給我等一下！不要選愉快的吹笛手！我都說不行了！如果用那個當主職業，能力值會大幅下降的！」

正因為是上級職業魔法戰士，聖哉的攻擊力、防禦力等能力才能高人一等。如果選這種廢職，全部能力都免不了要下降。

不過……

「那麼我要改嘍，小哥……『職業轉換』……！」

恩佐的手發出光芒，那道光芒將聖哉包圍。等炫目的光輝消散後，聖哉換上類似雜耍藝人的古怪打扮。

「好啦，這樣轉職就完成了。從今天起，小哥你就是『愉快的吹笛手兼土魔法師』。」

「嗚……嗚哇……！還真的轉職了……！吶……吶，還是恢復原狀比較好吧？難道你現在還有點『混亂』嗎？」

聖哉賞了焦急的我一個白眼。

「妳從剛才就很吵，乾脆去睡好了。」

「我才不要睡呢！我真的很擔心你啊！」

「我不需要妳的擔心。」

「什麼！擔心夥伴是理所當然的吧！」

「誰是妳夥伴？我根本不打算帶妳去。」

「……啥！」

「妳派不上用場，還只會扯後腿，給我乖乖待在這裡就好。」

「我……我承認的確是我害你無法在神界做好準備。可是，正因為發生過那種事，我才更希望能幫上你的忙啊！」

我把這股熱切的心意一吐為快，聖哉卻用冷淡的眼神看我。

「布諾蓋歐斯有連鎖魂破壞。也就是說，今後在伊克斯佛利亞遇到的魔物都可能殺得死妳。我沒自信能像在蓋亞布蘭德時一樣保護妳到底。」

「那也沒關係！我會保護我自己！」

「即使死了也沒關係？」

「我已經有所覺悟了！」

聖哉沉默好一會兒後……

「隨便妳。」

喃喃地說了這句話。我一臉嚴肅地點點頭，並在內心竊笑。

呵呵呵！怎樣怎樣？這種奮不顧身的精神！好感度應該會大幅提昇吧！不管怎樣，我們都是命運共同體！來吧，就用兩人的愛來攻略伊克斯佛利亞！

我滿懷期待地對聖哉發動鑑定技能。

☆莉絲妲的心跳加速戀愛鑑定☆

◎他跟妳的愛情度是？　『1分』

◎對他來說妳是？　『比雜草還不如。講都講不聽。』

◎一句小建議！　『叫妳別跟還硬跟，似乎讓他對妳深感厭煩，恨不得把妳拔除！』

！分數不但下降，甚至還想拔除我！一點好處都沒有嘛，喂！

我正垂頭喪氣時，聖哉不知往哪裡走去。等我恍然回神追上去，發現他是在鋪草蓆的道具店前。我怕老闆聽到，小聲地對聖哉說：

「吶，聖哉，這裡的道具店賣的大部分是農具，沒有任何對冒險有用的物品喔。」

「這倒不會。」

聖哉拿起草蓆上擺的「鐵筒」，再從我手上搶走伊希絲妲大人給的小袋子，付了錢買下鐵筒。

「把這個加工，應該就能做成笛子。」

「你真的要吹笛喔……」

「畢竟我是愉快的吹笛手。不過不只是笛子，我還有其他東西要買……喂，老闆，我要一千個魔光石。」

「好的，魔光石一千個是吧，謝謝您的惠顧……呃，一千個？為什麼要買那麼多！」

雖然聖哉的海量狂買對我來說司空見慣，老闆還是大吃一驚。不過就算我不吃驚，我們終究沒那麼多錢，買一千個也拿不動，所以老闆說得沒錯，魔光石的確不需要買那麼多。我只好努力說服聖哉，讓他願意妥協買五十個。

聖哉買了大型的手提袋，把魔光石裝進去，又指了草蓆上像瓶裝醃黃瓜的東西。

「我還要買那種保存食品，以及裝有飲用水的水壺。有多少買多少。」

「呃……如果您買走太多，會連我們的份都不剩……」

「抱……抱歉！在您能賣的範圍內就好！」

聖哉在另一個提袋裡裝進剛買的保存食物和飲水，再把提袋交給我。他真是做足準備，簡直像要去迷宮一樣。

買完東西後，聖哉喃喃自語。

「接下來是裝備。就算是吹笛手，還是帶把劍比較好。而且白金之劍也被布諾蓋歐斯搶走了。」

「是這樣沒錯，不過這裡沒有武器店和防具店。」

「妳在說什麼？武器和防具不是都有嗎？」

聖哉的手指前方是布拉特。當布拉特察覺聖哉朝他走近……

「啊？找我有什麼事！」

不禁皺起眉頭時……

鏘！

聖哉突然賞他一拳！

「啪丕噗？」

布拉特又口吐白沫，昏倒在地！

「！咦咦咦咦咦咦咦！為什麼要突然給他一拳！」

聖哉從失去意識的布拉特身上拔走劍，若無其事地裝備起來。

「順便把盔甲也拿走好了。」

他接著剝下盔甲扔給我。

「好，拿到鋼劍和鋼盔甲了。」

「好……好過分……！」

聖哉的眼睛又瞪向布拉特的夥伴。他們正從遠方觀察我們。

「對了，連備份也一起拿好了。」

「咿！救命啊！」

聖哉追上他們，把他們揍到昏迷又剝得精光……這實在不像正人君子會做的事。但想到我們要攻略這個物資缺乏的世界，我也不方便多說什麼。

——沒……沒辦法，除了這麼做外，也找不到其他方法了……

我好不容易說服自己，頭皮卻瞬間劇痛！

「好痛呀啊啊啊啊！」

噗滋噗滋噗滋噗滋！聖哉一語不發地拔走我的頭髮！

「你……你……你到底要做什麼啊啊啊啊啊啊啊！」

「拿來合成白金之劍。廢話少說。」

「至少先跟我講一聲吧！」

「……現在道具買了，裝備也拿到了，接下來要怎麼做？」

我邊揉著頭邊問。

「明天早上出發。今天先在旅社住宿，讓體力恢復。我也要好好審視目前擁有的魔法和特性。」

「咦！明天就要出發？這麼快沒問題嗎！」

按照聖哉的個性，我還以為他會在這裡先做自主訓練一陣子……

「別擔心，我有對策。」

「是……是嗎？既然你這麼說的話……不過就算想住一晚，這裡好像也沒有旅社。」

「去找一戶人家借宿就好。」

「會有人願意讓我們借宿嗎？我們又不受這裡的人歡迎。」

「有沒有不重要，去找就好。」

聖哉往四周打量，找到一個瘦瘦高高，感覺有點軟弱的青年，便朝他走去。

「喂，你叫什麼名字？」

「咦？我……我叫卡隆。」

「那麼卡隆，讓我借宿吧，一晚就好。」

「咦咦！難道要住我家嗎！不……不行！我家又髒又窄！」

「沒關係。你家在哪裡？」

「那……那個，可是，我家真的很髒，實在非常非常糟糕……」

「卡隆，如果你家真的像你說的缺陷那麼多……那你離開不就好了？」

「！怎、怎麼這樣！」

「以後就由我來住。」

卡隆哭了起來，我抱住他的肩膀。

「不……不是這樣的，卡隆先生！只要一晚！住一晚就好！」

「嗚嗚，咿嗚……！那我可以……不用離開……自己的家吧……？」

「當然不用！沒這個必要！畢竟那是你的家啊！」

「太好了……！其實我對那個家很有感情呢……！真是……太好了……！」

在一番波折下，我們硬是住進剛認識的人的家，讓體力得以恢復。

到了第二天早上，我們揹著大行李袋，走出卡隆的家。

「好了，我們走吧。」

「好……好的……」

給居民添了許多麻煩後，我們從希望之燈火出發。

……啊，當然沒有任何人來送行。

第九章　愉快的吹笛手

走上被魔光石朦朧照亮的漫長階梯後，頭頂上出現木板。只要打開木板，就能通往廢屋的地板。

但眼看出口就在眼前，聖哉卻停在階梯途中，將左手貼上土牆。

「咦？你要做什麼？」

這時土牆突然無聲無息地開了一個大洞！

我還在吃驚，聖哉就已先踏進洞裡。

「聖……聖哉！等一下！」

我也跟著他進入洞裡。聖哉從道具袋裡取出魔光石，照亮洞穴內部。

那真是不可思議的情景。雖然洞穴本身很狹小，只夠容納我們兩個，但聖哉一走向洞內的牆，牆上就出現新的洞。等我們過去後，原本所在的洞便封閉消失。這跟挖洞前進不同，感覺像土壤在配合我們的步伐讓道。

「好厲害……！這是土魔法嗎？」

「『移動式洞窟（Cave Along）』。可以在土中自由移動。」

聖哉邊小聲說話，邊在地層中前進。一會兒後他放慢腳步。

「我們現在是在廢屋周圍地下一公尺的位置。」

為什麼突然用這一招？當我要這麼問時——聖哉停下腳步，默默搖頭，用手指向頭頂上方。

我望著被魔光石朦朧照亮的上方土層，忽然聽到模糊的聲音。

「……勇者他們真的會從這間廢屋裡出來嗎？」

「……是啊，之前也有收到人類在廢屋附近消失的目擊情報。」

不用想也知道那是一群獸人。我們屏氣凝神，聆聽他們的對話。

「可是當時我們把廢屋徹底搜過一遍，也沒找到人類啊。」

「布諾蓋歐斯大人說，有人類使用土屬性的魔法，讓為數不少的人類躲在地下深處。入口聽說也有魔法，只有在人類靠近時才會打開。」

「而且勇者也是在那裡吧？」

「畢竟我們在地上找這麼久都沒找到，一定是這樣沒錯。」

獸人們接著發出賊笑聲。

「只要一找到就宰了他！」

「沒錯，來狩獵勇者嘍！」

聽完對話後，聖哉保持沉默，在土壤中躡手躡腳地前進。不久後，他看向我並默默點頭，似乎暗示我可以說話。

「吶……吶！我們已經被鎖定了耶！」

「這沒什麼好驚訝的。我們打到一半就逃走，讓布諾蓋歐斯很氣憤。他當然會大肆搜索我們了。」

「剛才獸人有提到……艾希的土魔法似乎要人類打開廢屋的地板，才會出現通往希望之燈火的階梯……」

「那又怎樣？」

「呃，所以說，如果廢屋都遭到鎖定，我們就回不去了吧？」

「我當然有考慮到那一點，所以才會準備魔光石和食物。」

「咦咦！那我們接下來要在你做的洞窟裡生活嗎！」

「基本上就是這樣。不過我要再聲明一次，即使在地下，他們畢竟是獸人，其中也有聽覺比人類敏銳的傢伙。妳要盡可能別發出聲響。」

「我……我知道了。」

雖然我抱著緊張的心情小聲回答，卻因完全不同的理由心跳加速。

什麼！要在這麼狹小的空間裡，這麼昏暗的照明中，一直兩人獨處嗎……！這……這不只是修復感情的好機會，說不定還有更成人的發展在等著我！哈啊哈啊哈啊！

我情緒正亢奮時，聖哉將手貼上土牆。

「……你要做什麼？」

「我在確認周圍有沒有獸人。」

聖哉接著目不轉睛地看著我的臉。

「莉絲妲，妳說妳想幫上我的忙，對吧？」

「對……對啊！是這樣沒錯……」

聖哉突然蹲下來抓我的腳踝！臉也朝我的下半身接近！

討……討厭啦！這是怎麼回事！他到底想幹嘛！難道是……不……不行，不可以！再怎樣也不能做那麼色的事！不過……老實說也沒什麼不可以！應該說反而完全沒問題！來，請儘量脫吧！拜託你了！

不過到了下一秒，我的身體卻往上升。

「……咦？」

我的腳踝被勇者的力量緊緊握住，像小孩玩「飛高高」般被抬起。而我的臉也勢必跟著逼近頭上的土層！

——哇啊啊啊啊啊啊啊！

不過……我沒有感受到預期的衝擊，就彷彿將臉探進水裡般，觸感意外柔軟。而且……在三百六十度的廣闊視野中，看到的是紫色的天空！荒涼的街景！至於更遠一點的地方，還出現犬、貓獸人的身影！

什麼……我竟然只有頭冒出地面！

啥啊啊啊啊啊！這……這是怎麼回事啊啊啊啊啊啊啊！

我大吃一驚，差點陷入恐慌。這時我的頭又被「咻」的一下拉回地下！

「咿咿咿咿咿……！」

在狹窄的洞穴中，我害怕得不停發抖，聖哉卻若無其事地問：

「喂，怎樣？這一帶有獸人嗎？」

「有……有啊……雖然這附近沒有，不過在那個方向有兩個……不對，等一下——！我又不是『潛望鏡』啊啊啊啊啊！要是被看到了怎麼辦啊啊啊啊啊！」

「妳不是說要幫我忙嗎？我有事先確認安全無虞，也有馬上把妳拉回來……好了，那我們就提高警覺，準備升上去吧。」

聖哉解除移動式洞窟，我們就被緩緩擠出地面。

聖哉隨即打量四周，找到遮蔽處後以小跑步前進，再從那裡觀察獸人的動向。獸人的交談聲傳進我耳裡。

「狩獵勇者真麻煩，我都快失去耐心了喵。等回去後，我要吃家裡養的奴隸來發洩一下喵。」

聽到貓獸人這句話，犬獸人皺起眉頭。

「喂喂，這個鎮禁止吃人類吧？」

「有傳言說布諾蓋歐斯大人自己也在偷吃喵，根本不用在意喵。而且這時獵勇者獵得正火熱，就算少一兩個奴隸也不會引起注意喵。」

「經你這麼一說，好像也有道理。那你可以跟我分一半嗎？」

「真拿你沒辦法。既然這麼決定了，就現在去吧。」

我小聲對聖哉說：

「聖……聖哉！有奴隸要被殺了！」

「別慌。」

聖哉從懷中拿出一根閃耀銀白光芒的細長物體。

「我現在就來吹笛。」

「！呃，這不是吹笛的時候吧！有人要被殺了耶！」

不過我有發現到，聖哉拿的笛子構造跟一般的不同，只有前端和末端有孔，側面都沒開孔。

聖哉蹲下來，抓起一把腳下的泥土，像捏黏土般以手指搓揉。

「你……你在幹嘛……？」

「我用魔法硬化泥土，再做成流線型以降低風阻。」

現在聖哉的指尖上，有個前端尖銳的細長物體。

——那……那簡直像是聖哉的世界的子彈……而且很類似步槍的子彈……！

聖哉把那物體裝進笛子前端，再用銳利的眼神緊盯十幾公尺外的獸人們。

「放棄魔法戰士的確會失去很多技能，不過相對的我也得到新的技能，像技能『強韌的肺部』，技能『連續吹笛』等等……愉快的吹笛手的所有技能，全濃縮在這一吹上……」

聖哉接著將銀笛湊到嘴前。

「接招吧……『壓縮空土砲（Burst Air）』……！」

一瞬間……

「砰！」

發出短促聲響。

……我搞不清楚發生了什麼事。當我順著聖哉含著的笛子看向前方，不禁張口結舌。

直到剛才還在開心聊天的貓獸人，其頭部竟已化成碎片消失無蹤！

「……啊？」

犬獸人發現同伴脖子以上空空如也，發出呆愣的聲音。

「奇……奇怪，你的頭怎麼——」

他還來不及弄清楚狀況……

「砰！」

短促聲響再度響起。犬獸人的脖子以上也跟著消失！黑色血液從脖子溢流而出，兩具無頭屍體同時倒在地上！

目睹這恐怖的景象，我戰慄不已地這麼想。

——呃，這根本不是「愉快的吹笛手」啊啊啊啊啊啊啊啊啊啊！

「聖……聖哉！你那是什麼！不是笛子吧！」

「比起笛子，這更像吹箭。我昨晚照白金之劍的模式，用妳的頭髮合成出這把更堅固耐用，發射時附帶消音效果的『白金吹箭』。」

「白金吹箭……！」

我還來不及吐嘈，聖哉就跑出遮蔽處，一邊留意四周，一邊走到被打倒的獸人身旁。

「你在做什麼？這樣會被看到的。」

「此地的確不宜久留，但善後工作仍舊得徹底完成。」

「又……又來了……！呃，我倒覺得他們應該死透了……」

「不行，既然是獸人，也可能因為超乎人類想像的恢復力而復活。只破壞頭部實在難以放心，得把他們破壞得更體無完膚才行。」

「可是地獄業火已經不能用了。」

「我知道。我會用新魔法安全迅速地消滅他們。」

「你這次打算怎麼做？」

「想聽嗎？那我就告訴妳吧。」

聖哉突然把手放上我的頭頂。轉眼間……

啵叩！

「咿——！」

我身體開始下沉！等回過神時，眼前竟是聖哉的腳踝！沒想到我又再次只有頭冒出地面了！

「！你做了什麼啊啊啊啊啊！」

我動彈不得，生氣地大吼，聖哉卻冷靜以對。

「我現在發動土魔法，打算把妳活埋，但妳的頭卻像這樣冒出地面。由於我的土魔法還不夠熟練，所以很遺憾，目前只能讓妳下沉到這種程度。」

「你這些話太過分了吧！讓我沉下去到底有什麼意義！」

「聽我說完。雖然妳『對土魔法的耐受性』沒有特別高，但只要是活著的生物，對魔法多少有耐受性，因此無法完全沉入地底。」

聖哉接著碰觸那兩具無頭獸人的屍體。

「『無限落下（Endless Fall）』……！」

那兩個獸人突然被吸進土裡消失失蹤！

跟……跟我剛才不一樣，完全沉了下去！啊……對喔！既然獸人已死，對魔法的耐受性等於零！所以土魔法才能發揮最大的效力！

「會掉得多深？十公尺左右嗎？」

「不，會更深。我不知道距離這行星的地核是幾千公里遠，反正能掉多深就多深。只要順利的話，他們就會在接近地核時，被地核產生的高熱完全消滅。」

「你要讓屍體掉下幾千公里嗎！未免掉太深了吧！」

「其實我很想親眼看到他們氣化，這樣更確實也更放心，但可惜我做不到，畢竟我也會跟著氣化。」

這……這還用說……！這個人怎麼能一本正經地講這種話……！

就某個層面來說，這種做法比用地獄業火燒光還可怕。我正為此膽戰心驚時……

「喂！好像有聲音！」

「在這裡！」

是新的獸人的聲音！

「慘了，聖哉！我們得趕快逃……咦，等一下！我的頭下面還埋在土裡啊！」

「沒關係，就這樣潛下去吧。」

聖哉立刻發動移動式洞窟，我原本突出地面的頭也「噗通！」地沉入地下。

「……噗哈！」

我們掉進狹窄的洞穴，感覺卻像突然被丟入水裡，令我有些困惑。聖哉接著拿出魔光石照亮洞內。

「好，我們先移動到安全的地方，之後再從那裡繼續狙擊獸人。」

我跟在聖哉後面，小心翼翼地問：

「吶，聖哉……你接下來到底打算怎麼做？」

「我說過要從布諾蓋歐斯的統治下解放這個鎮吧，所以我要先用移動式洞窟找到目標，再從安全的地點用壓縮空土砲進行中距離射擊，削減敵人戰力。換句話說……」

在昏暗的光線中，勇者的眼神變得銳利。

「就是狩獵獸人。」

第十章　嚴酷的鼴鼠生活

聖哉用壓縮空土砲再打死兩個獸人後，就在半徑約一．五尺的狹小地下空間中央擺上魔光石，席地而坐。看來是要稍作休息。

「目標是三百個。還剩下兩百九十六個。莉絲妲，接下來由妳來計數。」

「好……好的，我知道了。」

我不知道盤據賈爾巴諾的獸人的正確總數，不過說出三百這個數字的不是別人，正是聖哉。他應該有把握只要達到這個數量，就能解放這座城鎮吧。

「先以一天五十個為目標。考慮到飲水和食糧，希望能在一週內解決……好了，接下來就繼續行動。準備好了嗎？」

看到我點頭，聖哉就把手貼上土牆，集中精神。確定周遭沒敵人後，他起身抓著我的腳踝，將我高高舉起，讓我的臉冒出地面搜尋獸人，一發現目標就拉開距離，由聖哉以吹箭狙擊。我們就這樣高枕無憂地把獸人一個個打倒。

一開始我很氣他拿我當潛望鏡，但回頭仔細想想，這也是我跟聖哉第一次共同合作。

「以夥伴的身分幫上忙」——我一邊享受這股充實的感覺，一邊努力發現敵人和報告……

到了那一天傍晚，在狹窄的洞穴裡，聖哉將吹箭放在地上。

「好了，雖然ＭＰ還剩很多，不過對方是獸人，應該也有夜行性的。等太陽下山後，壓縮空土砲的命中率也會下降，為了慎重起見，今天的狩獵就到此為止。」

聖哉基於一貫的謹慎，結束了第一天的狩獵。不過今天打倒的獸人有五十一個，還比目標多了一個，算是成果豐碩。

在以移動式洞窟做出的地下洞穴中，聖哉吃了在道具店買的保存食物後說：

「那麼，為了替明天做準備，我們早點休息吧。」

——接……接下來終於要兩人單獨過夜了！在這個狹小的空間中互相依偎……

當我的心臟開始加速，聖哉起身將手貼上土牆。

「窄成這樣實在無法讓身體消除疲勞。我來讓洞穴變寬。」

原本狹窄的洞穴靜靜擴大，成為半徑三公尺的圓形空間。在天花板裝上幾個魔光石後，洞內稍微變亮。聖哉以劍鞘在地面畫出一條線。

「這是我跟妳的分界線。沒有我的許可，不准越線過來我這裡。」

「你……你這話什麼意思！真沒禮貌！說得好像我會襲擊你一樣！」

「是有這個可能。畢竟妳有時會突然抱住我。」

呿！被看穿了！

「聽好了。如果妳擅自越線，我就把妳丟在這裡，並解除移動式洞窟。」

「那我不就被活埋了嗎……！我……我知道了啦……！」

……跟想像中的甜蜜生活相差甚遠，可謂慘淡無比的鼴鼠生活，就此開始。

鼴鼠生活第二天。

在始終昏暗，連早晨到來都感覺不到的光線中，聖哉粗魯地搖晃我的身體，把我叫醒。

「妳要睡到什麼時候？該走了。」

我們按照跟昨天相同的流程，先由我當潛望鏡找到敵人，再用移動式洞窟移動過去，從遠方狙擊。

「在三點鐘方向發現一個！」

等頭部回到地下後，我迅速對聖哉發出指示。重覆這麼多次後，我也習慣了。等中午過後，我們打倒的獸人已將近一百個。

我對負責當潛望鏡的自己感到自豪。雖然地下生活既不衛生也很悲慘，但也感覺很充實、很有成就感。

聖哉也多少認可認真努力的我，把地下用的道具袋交由我保管。

然而，在結束這天的狩獵後，勇者的口中卻拋出震撼彈。

「土魔法的熟練度上升，所以不需要潛望鏡了。」

「咦咦！」

「妳看這個。新的土魔法『透明天花板（Clear Ceiling）』……！」

聖哉朝洞穴的天花板舉起手，天花板竟變得跟玻璃一樣透明。

「這就像從對面看不到這裡的單向玻璃，地上的情況都看得很清楚吧。另外我也學會名為『土中貫通（Ground Through）』的招式。用這一招能讓壓縮空土砲的子彈穿過上方地層。換句話說，我現在能在地下鎖定敵人直接狙擊。」

「是……是嗎……很……很好啊……」

有些職業會隨著時代的演進逐漸消失。如果以聖哉的世界來說，就是像牛奶配送員、電梯小姐之類的職業吧。

在他精熟土魔法的同時，我的工作也沒了。

鼴鼠生活第三天。

聖哉將新的土魔法透明天花板和土中貫通合併使用，從地下殲滅敵人。跟拿我當潛望鏡相比，這方法更安全也更省時。狩獵獸人因此進行得很順利。

另一方面，我這段時間一直發呆。失去工作和成就感的我，感到一陣空虛襲上心頭。

聖哉除非必要，否則都不跟我說話。就算我主動開口，只要不是重要的事，基本上他都當作沒聽到。

處在狹小陰暗的空間裡，加上不能洗澡……讓我的壓力不知不覺間達到極限。

當天晚上，聖哉突然越線來到我的區域。

往道具袋內查看後，他一臉凝重地瞪著我。

「喂，莉絲妲，為什麼食物減少的速度比預定的快？」

「啊……對不起，是我吃掉了……」

沒錯，由於壓力等因素，我一直在偷吃糧食。

「為什麼？女神不會死吧？為什麼妳吃得比我還多？」

「呃，這個，就算不會死，肚子也會餓啊！」

雖然我「嘿嘿」地陪笑兩聲，聖哉臉上卻絲毫沒有笑意。

「不……不要緊的！食物還很夠！就算保守估計，應該也能吃上四天吧！」

「別開玩笑了。我說一星期完全只是粗估。戰況隨時在變化。根據情況不同，有可能會在土中潛伏更長的時間。食物減少成這樣，實在讓人無法放心。」

聖哉接著喃喃自語。

「看來得在這裡尋找新的食材了。」

他靠近土牆，定睛凝視。不久後，他把手插進土裡。

「嗄啊！」

聖哉手中出現一條長約十公分，露出滿口細小獠牙的蚯蚓。他將蚯蚓湊近我的臉。

「喂，妳鑑定看看這能不能吃。」

「這……這種東西哪能吃啊！」

「給我鑑定就是了。」

我邊發牢騷，邊發動鑑定技能。

『死亡蚯蚓——是棲息在伊克斯佛利亞地下的生物。只要不逗弄牠就不會有害。此外，如果真要問能不能吃——勉強算是能吃吧。』

嗚……嗚哇……這竟然勉強能吃……！不過我絕不要吃這個……！

我於是一臉遺憾地聳聳肩。

「不行，完全沒辦法。這不是可食用的。」

聖哉一聽，用冰冷的眼神瞪著我。

「妳這騙子女神……鑑定結果應該是『能吃』吧。」

「什麼！你怎麼知道！難……難道你也有鑑定技能嗎！」

「既然妳會，沒有我不會的道理。」

「你竟然騙我！好過分！太過分了！」

「過分的人是妳吧。我已經忍無可忍了……給我吃。」

聖哉帶著猙獰的表情，拿著蚯蚓朝我逼近！

「不……不要！我可是女神！死亡蚯蚓這種東西我死也不吃！」

但聖哉還是把活生生的死亡蚯蚓硬塞進我嘴裡！

「！喔嘎嘎嘎嘎嘎嘎嘎！」

他用雙手上下移動我的下顎，逼我咀嚼死亡蚯蚓！一股難以形容的怪味逐漸擴散至整個口腔！

「嗚噁噁噁……！嘔噁噁噁噁……！」

勇者對眼眶泛淚的我撂下狠話。

「從今天起，妳的主食就是死亡蚯蚓。」

……到了就寢時，即使我閉上眼睛，眼皮下依然有大量蚯蚓在蠢動。

「嗚嘿嘿嘿……！死亡蚯蚓一隻，死亡蚯蚓兩隻，死亡蚯蚓三隻……」

在這過於嚴酷的環境裡，我的精神變得越來越不正常了。

第十一章　焦慮與煩躁

鼴鼠生活第四天。

雖然地下生活悲慘至極，狩獵獸人卻超乎預期地順利。如果我算得沒錯，打倒的獸人總數已超過兩百五十個。

聖哉不只土魔法，連身為愉快的吹笛手的熟練度也上升。學會技能「精密吹笛」後，他成功強化壓縮空土砲射出時的消音效果，射程距離也變長，讓吹箭形同附消音器的狙擊槍。他無聲無息地掃蕩獸人的行動，簡直媲美一流的殺手。

就在這時，聖哉提出新的計畫。

「差不多該執行此行的最終目的——也就是偵查布諾蓋歐斯了。」

……雖然狩獵很順利，卻還沒達到他訂下的三百個目標。以聖哉的謹慎程度來看，這時去偵查布諾蓋歐斯似乎倉促了點。

「難道是咒縛之球嗎？你是打算——去布諾蓋歐斯的住處尋找那顆球嗎？」

只要破壞布諾蓋歐斯所持有的咒縛之球，就能回神界繼續修練。我想聖哉應該是為了這個，才不惜冒險去偵查布諾蓋歐斯。

但聖哉只用鼻子「哼」了一聲，直接大步向前走，順便移動地下洞穴。

「等……等我一下啦！」

「總之我就是要去。快跟上來。」

聖哉沒多作解釋，一味地快步前進。我望著他的背影，心中突然閃過一個念頭。

難道聖哉……也跟我一樣受夠了這個地下生活，所以想盡早打倒布諾蓋歐斯……？

出於焦慮和不安的行動，往往不會帶來好結果。但即使如此，我還是在心中暗自搖頭。

不行……我要相信聖哉！他已經不再衝動，會這麼做一定有他的用意！

再說，如果可以的話，我也很想早點擺脫這個鼴鼠生活，所以也沒理由反對他去偵查布諾蓋歐斯。

我們離開之前作為獵場的廢屋四周，前往奴隸市場。在地底細聽獸人的對話並分析內容後，得知布諾蓋歐斯的宅邸就在市場附近。他似乎是直接霸占貴族的豪宅來當住處。

來到奴隸市場後，聖哉藉由透明天花板，從地下尋找可能是那棟宅邸的房子。不久後，我們找到這鎮上最大的房子。即使外觀朽壞，根據從獸人口中竊聽到的描述，應該是這裡沒錯。

聖哉毫不猶豫地朝宅邸前進。

「沒……沒問題嗎？反正在地下，應該不會被發現吧？」

既然是聖哉，對安全應該很重視，不過萬一被布諾蓋歐斯發現就完蛋了。畢竟布諾蓋歐斯的能力值跟其他獸人根本沒得比。

但聖哉倒是很有自信。

「不用擔心，移動式洞窟也進化了，不但內部的隔音效果變好，現在還能沉到地下三公尺再移動。」

「啊，所以透過透明天花板能看到的景色也比以前遠嘍。」

「嗯，萬一遇上緊急情況，要潛到地下十公尺也成。只要下潛到那種深度，一般的攻擊就打不到了。」

了解狀況後，我跟著聖哉走，一路來到宅邸的地板下。即使透明天花板是透明的，從洞穴的天花板也只看到一片黑暗的地板。但如果側耳傾聽，就能聽到走過地板時的嘎嘰嘎嘰聲，以及……

「可惡啊啊啊啊！竟敢暗中偷襲我的部下！那個沒膽的勇者啊啊啊啊！」

布諾蓋歐斯的怒吼聲。

聖哉一屁股坐在洞穴的地上，看似準備竊聽布諾蓋歐斯的一舉一動。

布諾蓋歐斯是能力值與蓋亞布蘭德的戰帝媲美的強敵。如果正面迎戰，目前的聖哉根本毫無勝算，所以他才甘冒置身於布諾蓋歐斯的住處正下方的危險，也想找出任何可乘之機。

我也保持安靜專心聆聽。這時布諾蓋歐斯吃驚地大喊：

「這……這不是葛蘭多雷翁大人嗎！」

——！他說葛蘭多雷翁嗎！

葛蘭多雷翁是地位高過布諾蓋歐斯，統治這個拉多拉爾大陸的魔物。聽到這魔物的名字，我不禁一陣心慌，不過房內感覺上只有布諾蓋歐斯在，還一直重複「嗯嗯，是的，嗯嗯……」之類的自言自語，似乎是透過水晶球進行遠距離通話。至於那個可能是葛蘭多雷翁的聲音則非常模糊，完全聽不清楚。

「是啊，都怪那個勇者，讓不少獸人被幹掉……咦？您問我被幹掉幾個～？呃，那個嘛，那個，就是很多……好……我下次一定會報告正確的數字……」

對方似乎問到被打倒的獸人數量，讓布諾蓋歐斯有些困惱，不過他接著又語帶雀躍地說：

「……喔喔！您要派那個傢伙來嗎～！是喔是喔～！這樣一來勇者就不足為懼了～！喔喔，還有嗎……！噗嘿嘿嘿嘿！這真是幫了我大忙啊～！」

我對聖哉小聲說：

「總覺得他的話好讓人在意啊……」

「吵死了，現在別跟我說話。」

「抱……抱歉……」

聖哉應該是在全神貫注地收集布諾蓋歐斯的情報吧。就在我連忙閉口時……

「……噗。」

身旁響起了豬叫聲。我身旁當然只有聖哉。當我以為是自己聽錯時……

「噗，噗噗。」

果然是聖哉。聖哉用一如往常的凜然神情，發出類似豬叫的聲音。

「噗噗，噗，噗噗，噗，噗，噗。」

——呃，等一下，這是在幹嘛？這個人為什麼突然叫起來？

會不會是「狀態」又變異常……我於是發動透視能力，但聖哉也發動偽裝技能，讓我完全看不到他的能力值。

——好……好不容易才從「衝動」恢復為「謹慎」，結果現在又變成「豬」了……？嚴酷的地下生活果然對精神造成影響……！

雖然我也很鬱悶，但現在不是在意自己的時候了。比起這個，聖哉遭到侵蝕的精神更讓我擔心。

鼴鼠生活到了第五天。

我們早早結束狩獵，回到布諾蓋歐斯的宅邸下方繼續偷聽。

「吶，聖哉，目前情況怎樣？有掌握到布諾蓋歐斯的弱點嗎？」

我對聖哉耳語，聖哉卻保持沉默。或許他是為了找不到攻略布諾蓋歐斯的線索而焦慮。

我把死亡蚯蚓切成一半遞給聖哉。

「太鑽牛角尖不好喔。要不要吃死亡蚯蚓?吃習慣了其實也挺好吃的。」

「不要。」

「這樣啊……」

當我寂寞地獨自啃著蚯蚓時……

「噗嘿嘿嘿嘿嘿嘿嘿嘿。」

聖哉突然發出豬一般下流的笑聲!

「!怎……怎……怎……怎麼了!幹嘛突然發出奇怪的笑聲!」

「沒什麼。」

不……不行!這下子真的不妙!他的精神已經嚴重異常了!

「要不要趁獸人不注意,先從廢屋暫時回希望之燈火呢?」——我向他提出這個建議,卻馬上遭到否決。我擔心如果在這種精神狀態下激怒他,不知道他會做出什麼事,最後只好放棄追問……

鼴鼠生活到了第六天。

今天聖哉也一如往常,繼續在宅邸下竊聽布諾蓋歐斯的動向。

這次除了布諾蓋歐斯外,還多了新的腳步聲,看來是有別的獸人登門拜訪。布諾蓋歐斯的語調難掩喜悅。

「喔喔！你終於來啦～！」

「嘰嘰！我可是遵照葛蘭多雷翁大人的吩咐，不辭千里遠道飛來的！」

「那就快用你的力量去找勇者吧～！」

「不不，說不定他意外地就在附近呢！」

在那一瞬間……

「嘰──────！」

我這對聽力範圍比人類更廣的耳朵，聽到了某個細微的高音。聖哉似乎也有聽到。

「他說他是飛來的。難道是蝙蝠型的獸人嗎？雖然還不清楚對方的底細，至少知他有發出超音波。說不定他已經掌握到移動式洞窟的位置了。」

「咦咦！我們不是在土裡嗎！」

「超音波的回聲定位在水裡、土裡都有效。」

「這……這下糟了！我們快下潛到更深的地方吧！」

「不行。憑布諾蓋歐斯的臂力，就算我們下潛到移動式洞窟的極限十公尺，他的攻擊照樣打得到，會有直接被活埋的危險。」

「！你之前不是說『不用擔心』嗎！」

「那完全是以『一般獸人的攻擊』為前提。總之快走吧，再拖下去對方會先發制人。」

聖哉立刻解除移動式洞窟，讓我們從地下升上來。

當我們來到宅邸的地板和地面間的狹窄縫隙，彎著身子想穿過地板下方時，頭上的地板忽然發出聲音，破碎四散！

「嘰嘰嘰！你看，果然在吧！」

從碎裂的地板缺口探頭進來的，是咧嘴獰笑的蝙蝠獸人。

我正因為「被發現了！」而感到絕望時，聖哉已經將吹箭含進嘴裡，對掉以輕心窺視地板下的蝙蝠男發出一記極近距離的壓縮空土砲！蝙蝠男的頭部遭到破壞，當場倒地！

聖哉才剛撞飛無頭屍爬出地板，就立刻朝布諾蓋歐斯發射壓縮空土砲！他應該早在地板下就已掌握布諾蓋歐斯的位置，而布諾蓋歐斯的反射神經也沒那麼好，不足以讓他閃過聖哉突然出現瞄準自己的攻擊。

挨了壓縮空土砲的子彈，雖然讓布諾蓋歐斯的頭搖晃劇烈，不過……

「你這傢伙，這樣很痛耶……！」

布諾蓋歐斯卻按住遭射中的頭，瞪著聖哉！我一看，竟然只是微微滲血的輕傷！

「可惡啊啊啊啊！原來你一直躲在我家地下嗎——————！」

——慘……慘了，慘了，真的慘了！壓縮空土砲是當「愉快的吹笛手」的聖哉唯一的攻擊招式，對布諾蓋歐斯卻起不了作用！

在毀壞殆盡的空曠室內，布諾蓋歐斯拿起背上的斧頭，用那把內含連鎖魂破壞的凶器指向我們。

「這次我絕不讓你們逃走……！」

能暫時剝奪視覺的火焰魔法無法使用。就算用移動式洞窟下潛，布諾蓋歐斯也會破壞地層，將我們活埋！

「怎……怎麼辦，聖哉！」

我瞥了聖哉一眼，發現他竟然把白金吹箭收回懷裡！

難……難道他已經死心，準備放棄戰鬥了？不行啊啊啊啊啊啊！已經完蛋了啊啊啊啊啊啊！

不過就在下一秒，聖哉把手伸到自己的面前，喃喃開口：

「職業轉換（Job Change）……！從『愉快的吹笛手兼土魔法師』轉為『土屬性魔法戰士』……！」

看到聖哉被炫目的光芒包圍，我不禁一陣錯愕。

「怎麼可能……騙人的吧！你不靠希望之燈火的恩佐先生也能轉職嗎！」

「那種缺牙老頭會的事，我豈有不會的道理？我只看一次就會了。」

雖然他說了非常失禮的話，不過這勇者也是一下就學會艾魯魯的魔法弓和我的鑑定技能，的確有前例可循。

當包覆全身的光芒消散後，聖哉的外表從愉快的吹笛手變成魔法戰士的裝備。

真……真的轉換職業了嗎？……對了！我就用透視能力來確認看看！既然剛轉換職業，

應該還沒空使用偽裝技能吧！

我發動透視能力，將重點擺在分析職業上……

龍宮院聖哉

職業：魔法戰士（土屬性）

Lv：99（MAX）

HP：321960　MP：88155

攻擊力：29341２　**防禦力：**287644　**速度：**268875　**魔力：**58751　**成長度：**999（MAX）……

看……看到了！他真的變成魔法戰士了！而且……咦咦咦咦咦！

「唔，別看。」

聖哉察覺到我在透視能力，馬上發動偽裝技能，能力值像捲起沙塵暴，什麼數值都看不到了。

總之聖哉所言屬實，真的靠自己成功轉職。

不過……除此之外，還有件事更讓我吃驚。

——等……等級ＭＡＸ！怎麼可能！到底什麼時候練成的！不……不對……等一下！這

也難怪！畢竟他用壓縮空土砲打倒那麼多獸人！在聖哉的固有技能「獲得經驗值增加」的效果加成下，想必等級一定能三級跳！

只要打倒敵人，等級自然會上升，但這個勇者以前從沒這樣規規矩矩地升等，所以我完全忽略了這一點。

聖哉對我的驚愕渾然不覺，只是泰然自若地撩起柔亮的黑髮。

「打倒蝙蝠男讓我達成打倒三百個的目標，同時對布諾蓋歐斯的偵查也就此結束，再待在這裡也沒有意義了。」

聽到聖哉的話，布諾蓋歐斯的表情頓時扭曲。

「你在胡說八道些什麼～？這種事不重要，你有準備要跟我打了嗎～！」

「準備嗎？喔，這個嘛……」

聖哉從劍鞘裡拔出白金之劍，用華麗的動作咻咻甩動幾下，讓手習慣許久沒握的劍，然後以劍尖瞄準布諾蓋歐斯。

「一切準備就緒。」

第十二章　封殺

——好……好久沒聽到這句台詞了……！

以前每次說完這句台詞，聖哉就會以壓倒性的力量打倒敵人。可是我還不能放心。布諾蓋歐斯是超乎想像的強敵。即使聖哉除了速度外的數值都封頂，布諾蓋歐斯依舊跟他不相上下。而且他還有「邪神的加護」和「全屬性魔法減輕」等技能，以及能把我們的靈魂破壞的武器。想必這一戰必定會跟戰帝那時一樣，是一場一刻都不能掉以輕心的拉鋸戰。

……先點燃戰火的是聖哉。他揮起劍，以頂級的超高速逼近布諾蓋歐斯——正當我這麼以為時，他卻無視擺出戰鬥架勢的布諾蓋歐斯，破壞他身旁的桌子。

「咦咦咦！」

我大吃一驚。在被打碎的桌子四周，有看似玻璃的碎片閃閃發亮。

布諾蓋歐斯笑了。

「噗嘿嘿嘿嘿。很遺憾～你打破的不是『咒縛之球』～放在桌上的只是普通的水晶球～我把咒縛之球藏在你們絕對想不到的地方喔～」

「假裝用劍攻擊布諾蓋歐斯，其實目標是咒縛之球」……這很像聖哉會採取的行動。即使布諾蓋歐斯發出嘲笑，說那並非咒縛之球，聖哉的表情依舊沒有變化。

「我只是要破壞你跟葛蘭多雷翁的聯絡工具。畢竟打到最後陷入苦戰時，可以想見你一定會向那傢伙求助。」

「你……你說什麼……！」

布諾蓋歐斯被聖哉瞧不起，氣到鼻子不斷抽動。聖哉斜睨他一眼後，竟然將劍一反收回劍鞘。

「聖哉！為什麼收劍！」

「劍要等最後一擊時才會用，在那之前用土魔法就夠了。順便告訴妳，把等級封頂也只是為了保險起見，憑這傢伙的程度，其實用更低的等級也鐵定能贏。」

「咦咦咦咦！那你為什麼要花整整三天來偵查布諾蓋歐斯啊！」

我感到驚訝，布諾蓋歐斯則整張臉漲得通紅。

「你這傢伙——————！竟……竟……竟敢瞧不起我——————！」

布諾蓋歐斯舉起斧頭，打算衝向聖哉！不料卻突然在轟然巨響中跌了個狗吃屎！

「啊啊啊啊啊！這是什麼啊啊啊啊啊！」

我一看，發現有東西纏住布諾蓋歐斯的腳踝！那些乍看像粗繩……卻彷彿有自己的意志般扭來扭去的物體，原來是褐色的蛇！蛇不知何時從我們出來的地板下爬出來，纏住了布諾蓋歐斯的腳！

那……那是……土魔法嗎？沒錯，那跟鳳凰自動追擊一樣，是上位魔法師才能製造，能遠距離操縱的魔法蛇！

土蛇不但纏住布諾蓋歐斯的腳，還抬起頭要咬住他的腰。不過……

「這不算什麼啦！」

布諾蓋歐斯把爬上斧頭的土蛇一拍落，蛇身就立刻化為砂土，散落在地板上。

「噗嘿嘿嘿嘿！根本沒什麼嘛～！」

布諾蓋歐斯剛露出游刃有餘的表情，下一秒房內的地板又發出聲響，四處龜裂！數十隻不停蠕動的土蛇從龜裂處出現！連牆壁和窗戶都有土蛇爬進來！

聖哉用毫無抑揚頓挫的語調說：

「現在有幾百隻土蛇包圍這座宅邸。你不但逃不出去，外面那些獸人同夥也沒辦法進來救你。這裡已經是土蛇的巢穴了。」

什……什麼時候做出這麼多土蛇的！……對了！原來聖哉這三天躲在地下，並不光是為了偵查布諾蓋歐斯！他也花了很多時間用土魔法製造土蛇！還把蛇全投放在宅邸四周！

無數土蛇從地板爬竄而出！牆壁和天花板也處處開洞，蛇如泉湧！那些蛇將布諾蓋歐斯團團包圍，步步進逼！這令人毛骨悚然的景象，看得我背脊發涼！這簡直就是惡魔的作為！根本不像拯救世界的勇者會使出的招式！

正當無數土蛇要一起撲向布諾蓋歐斯時……

「別小看我————！神裂戰斧！」

布諾蓋歐斯朝四面八方揮舞斧頭！土蛇還來不及咬到布諾蓋歐斯，就被斧頭擦到或風壓掃過而變回土砂，散落一地。

「好……好驚人的力量……！」

那瞬間解決十幾隻土蛇的攻擊力，令我驚愕不已。布諾蓋歐斯看向落在地上的土塊，暗自竊笑。

「看來即使是魔法做出的蛇，一旦變回土也無法再生……」

布諾蓋歐斯把沒拿斧頭的另一隻手放上鋼製胸甲，脫下自己的裝備。

「咦咦！」

看到脫掉胸甲的布諾蓋歐斯，我大吃一驚！在他的胸腹間有張巨嘴正大大張開，露出滿口參差不齊的獠牙！

「我要把你和土蛇一口吞下去————！」

一……一口吞下去！騙人的吧！難不成……！

我對聖哉投以求救的眼神。

「怎麼辦，聖哉！那傢伙好像要把我們吸進那張嘴耶！」

「是啊，在他的特技裡的確有類似的招式。所以莉絲妲，現在輪到妳出場了。」

「咦！我……我嗎？要……要怎麼做？」

「沉下去。」

「啥?」

聖哉突然舉起手……

鏘!

對我的頭頂無預警地揍了一拳!

「!哈喔啊啊啊啊!」

啪嘰啪嘰,噗通~!

勇者的強力一拳,讓我的下半身穿破龜裂的地板,陷進土裡!

「你……你……你……你……幹嘛突然這樣啊!」

就在下半身埋在土裡的我抬頭吼聖哉時……

「去死吧————!吸引嚙碎!」

在布諾蓋歐斯的胸腹間的嘴突然張得好大,幾乎像要裂開!正如我所料,房內的物品和土蛇全在震耳欲聾的吸氣聲中被吸進嘴裡!連我最自傲的金髮也快被吸走了!

「嗚哇哇哇哇!」

他是打算把我們拉過去,破壞靈魂後再吞掉吧。只見布諾蓋歐斯單手拿著能引發連鎖魂破壞的斧頭,虎視眈眈地等著我們。

——慘了、慘了!要被殺掉了啊啊啊啊啊啊!

我雖然焦慮，不過因為下半身牢牢卡在土裡，所以能勉強撐過布諾蓋歐斯的吸氣攻擊。而且……聖哉也摟住被埋住的我的肩膀，藉此抵抗布諾蓋歐斯的吸力！

「呃，等一下！這是什麼意思！我可不是『支撐桿』啊啊啊啊啊……」

雖然我這麼叫，但充分掌握眼前的狀況後，我才發現……這不就像是聖哉從背後抱住我一樣嗎？

啊，奇怪……？等一下……這樣也不錯嘛，感覺挺棒的……好吧，算了，我就是支撐桿。我會好好撐住你不讓你倒下的，因為我是支撐桿啊。

雖然一瞬間腦中變成花田，還是被立刻拉回現實。

畢竟房內的無數土蛇已經一隻都不剩了！

布諾蓋歐斯暫停吸氣，閉上腹部的大嘴，露出滿足的笑容。

「噗嘿嘿嘿嘿！全部被我粉碎了～！」

他……他果然是很可怕的怪物！聖哉，別再打腫臉充胖子，快拔起劍認真戰鬥吧！可是他有吸引嚙碎這一招！只要一發動就無法動彈！到底該怎麼跟他打呢？

我正不知所措時，聖哉卻放開我的肩膀，就這樣毫無防備地跟布諾蓋歐斯對峙。

「聖哉，不能離開我啊！萬一他現在發動吸引嚙碎，你就會被吸進去啊！」

「妳不用擔心，勝負已定。」

聖哉接著用平靜的語氣說：

「布諾蓋歐斯，你以為自己把所有土蛇都咬碎破壞了，但其實不然。那些我故意弄得像遭到破壞變回砂土的蛇，也都混在裡面。」

「啊～？你在說啥～？」

「現在那些砂土又在你的肚子裡變成土蛇。」

「你……你……難……難不成……！」

「即使外側有全魔法減輕技能做防護，內部說不定意外脆弱呢。」

布諾蓋歐斯的臉色頓時發青！勇者冰冷的視線貫穿布諾蓋歐斯！

「咬破吧！土蛇變化．自動追擊（Transform Automatic Naga）……！」

突然間，布諾蓋歐斯的腹部和胸部開始膨脹，就彷彿有無數細棒往外戳！最後，在令人想掩耳拒聽的肉塊割裂聲中……

「嗚哇啊啊啊啊啊啊啊！」

土蛇刺破了布諾蓋歐斯的身體！

「咿咿咿咿！」

驚悚的景象讓我不住慘叫！他身上除了手腳外的每一處，都有自動追擊土蛇把肉啃破，從噴濺的血花中爬竄出來！

等最後一條土蛇爬出側腹後，在布諾蓋歐斯頭部和腹部的兩個嘴巴吐出黑血，龐然巨體往前一彎頹然倒下。

……過了好一會兒，布諾蓋歐斯依舊動也不動。

「幹……幹掉他了嗎？」

「嗯。」

聖哉單手抓住我的頭頂，把我「啵」的一聲拔出地面！

「！喂——————！你怎麼這麼拔啊！當我是田裡的蘿蔔啊！」

我對這草率的待遇發脾氣，聖哉卻不予理會。我只好切換心情，對他打倒布諾蓋歐斯的手法表示佩服。

「話說回來你也太猛了，真的不用劍就打倒布諾蓋歐斯，而且是大獲全勝。土魔法還真可怕呢……」

「是啊，比其他魔法更利於欺敵。只要善加利用，就能無視對方能力值打倒敵人吧。」

「沒錯、沒錯！只要有這個，說不定也能攻略那個叫葛蘭多雷翁的傢伙！」

「妳想得太簡單了。接下來只靠土魔法不太可靠，還需要更多的能力，所以我們得先回神界一趟。現在就來破壞咒縛之球……」

「啊！說到這，那個球到底在哪？布諾蓋歐斯說藏在絕對找不到的地方……」

我在房內四處張望，頓時嚇得發抖！

沒想到布諾蓋歐斯的巨大身軀，已在不知不覺間搖搖晃晃地站起來！

「聖……聖哉！還活著！那傢伙還活著啊！」

聖哉都已斷言「勝負已定」，所以我相信他的話！但即使被蛇從體內咬破，混濁的黑血不停滴落，布諾蓋歐斯卻依然活著！真是令人難以置信的生命力！沒錯，這裡是難度ＳＳ的伊克斯佛利亞！聖哉和我卻忘了這一點而掉以輕心！

布諾蓋歐斯說完後，用自己的手指戳進左眼！

「還沒……還沒結束……！」

「嗚哇哇！」

那幅景象令我不敢直視！布諾蓋歐斯用手指將左眼球「噗茲」一聲挖出來！

「噗嘿……噗嘿嘿嘿嘿！這就是……『咒縛之球』……！是魔王大人嵌進我體內的……！球……球裡有足以用咒縛籠罩整個鎮的巨大魔力……只要吞下這顆球……我、我的能力就能飛躍性地提昇了……！」

布諾蓋歐斯接著將眼球——不，是咒縛之球送進嘴裡！

「你的敗因就在於你太大意，沒給我致命一擊～！看了不要嚇到啊啊啊啊啊！這就是我的第二型態——『魔獸生態變異（Beast Hazard）』啊啊啊啊啊！」

「聖……聖哉！」

相較於焦急的我，聖哉倒是一點也不慌。

「第二型態嗎？雖然有點好奇是什麼樣子，不過反正也看不到，所以倒不會嚇到。你如果真想贏我，應該一開始就挖掉眼珠，使出這一招，這樣勝算也會稍微提高。但我就是不想讓你那麼做，才會故意惹毛你。」

布諾蓋歐斯正要把球吞下去時……

「咕噗嘔！」

他的喉頭膨脹起來！某個物體突然衝出布諾蓋歐斯的口中，搶先咬掉咒縛之球！然後那物體就啣著球，直接爬到聖哉腳邊！

「我有說過了，勝負已定。」

我跟布諾蓋歐斯一樣，為眼前的情景啞口無言！

啣著咒縛之球的是——土蛇！突然從布諾蓋歐斯口中出現的土蛇搶走了咒縛之球！

「怎……怎麼會……！還有土蛇留在他體內嗎……？為……為什麼……！」

「布諾蓋歐斯的ＨＰ很高，即使侵入他體內的自動追擊土蛇造成致命傷，還是可能無法讓他斷氣，所以我刻意讓一隻土蛇躲在裡面，在半死不活的布諾蓋歐斯準備反擊前先進行封殺——這也是為了保險起見。」

聖哉彈了下手指，土蛇就咬碎咒縛之球，聲音清晰可聞。

布諾蓋歐斯露出害怕的表情，慢慢後退。

「你……你到底是……到底是何方神聖……！」

「咒縛之球也破壞了。接下來就照之前所言，用劍給你致命一擊吧。」

聖哉拔劍出鞘，靜靜地呼出一口氣。白金之劍像在回應聖哉般透出光芒，房內的空氣開始振動。

一方毫髮未傷，一方瀕臨死亡。布諾蓋歐斯大概也死心了，高聲喊道：

「把……把我幹掉後，你就完蛋了！傍晚葛蘭多雷翁大人會來賈爾巴諾視察！給我等著瞧！獸皇之力可是壓倒性的凶惡，耍什麼小手段都沒用啊啊啊啊啊！」

聖哉雙手握住白金之劍，高舉過頭，擺出大上段的姿勢。然後……

「原子分裂斬……！」

從前在蓋亞布蘭德用過的土屬性魔法劍，也在伊克斯佛利亞復活！當劍從布諾蓋歐斯的頭頂往下劈開的瞬間，也同時產生類似爆炸的巨響和衝擊波！

宅邸的地板裂開，地面如隕石坑凹陷，坑中則躺著渾身癱軟的布諾蓋歐斯。

「雖然看起來應該死了……不過還是再來個兩三發吧。」

聖哉毫不留情地再次對布諾蓋歐斯發動攻擊……

即使吃了好幾發等級封頂的原子分裂斬，布諾蓋歐斯的屍體依然保持原狀。

我這次不敢大意，使出透視能力，確認布諾蓋歐斯是不是真死了。他應該確定斷氣了，但聖哉還是繼續使出土魔法，將他連同帶有連鎖魂破壞的斧頭，一起用無限落下打進無底深淵。

「吶，聖哉！等一下葛蘭多雷翁就要來了，快點逃走比較好吧？」

不過聖哉卻完全不慌不忙，還用手指抵住下巴，做出沉思的動作。

「他前天跟布諾蓋歐斯用水晶球交談後，就決定來賈爾巴諾視察。竟然在那個時間點就打算試探我，這傢伙城府還真深。不過……這也在我的預料內。」

聖哉這才終於指示我叫出通往統一神界的門。等門出現後，我提心吊膽地開門查看。

「啊，門裡的牆壁消失了！這樣就能回去了！」

「他說葛蘭多雷翁是傍晚來。在那之前大概還有一小時。如果把比預定提前的可能性也算進去，我得在三十分鐘內，在統一神界學到對抗獸皇的新特技。」

三十分鐘——在時間流逝緩慢的神界裡相當於兩天。在這麼短的時間內真的沒問題嗎？不過……不管怎樣，現在先為這一刻高興吧！終於能回神界了！不但不用再吃死亡蚯蚓，也可以洗個澡！

我一邊穿過門，一邊對聖哉微笑。

「太好了！終於能脫離地下生活了！要不然聖哉都變得怪怪的了！」

「誰怪怪的？別把我跟妳相提並論。」

「你還敢說！你不是有噗嘿嘿嘿嘿地笑嗎？根本快到極限了嘛！」

「那是為了將來做打算。」

「啥……啥？那是什麼意思？」

等回到神界後，我才明白聖哉這句話的含意……

第十三章　變化之神

這次門是開在統一神界的廣場上。

從邪氣蔓延的伊克斯佛利亞，來到充滿純淨靈氣的神之庭園，這段移動的前後落差還真大。

「啊～！終於回來了～！」

正當我大大地伸了懶腰，將新鮮空氣吸進肺裡時……

「莉絲妲！」

一個熟悉的聲音令我不禁回頭。在位於廣場一角——附遮陽傘的庭院桌旁，我看到阿麗雅雙眼圓睜。她從椅子上起身，朝我跑過來。

「我一直好擔心妳啊！」

在伊克斯佛利亞待了近一星期沒回來，就等於這裡已經過了兩年。所有住在神界的神——包括我在內——都有永恆的生命，因此對時間的感覺很遲鈍，就算過了幾年也不覺得久。但即使如此，阿麗雅仍舊眼眶泛淚，為了跟我重逢而欣喜不已。

「我用水晶球看不到伊克斯佛利亞的狀況，又聽說敵人持有帶連鎖魂破壞的武器……我好擔心你們啊！」

「謝謝妳，阿麗雅！不過沒什麼大礙啦！」

我努力擠出笑容。阿麗雅在我和聖哉間交互看了看，露出納悶的表情。

「真的嗎？可是你們看起來很落魄呢。」

我往下看了自己的身體。長時間在土中生活，讓我沾滿泥巴，整個人黑乎乎的。就在這時……

「沒錯，看起來實在不像女神。」

「而、而且味道也很、很臭呢，莉、莉絲妲……」

又傳來熟悉的聲音。我抬頭一看，是賽爾瑟烏斯和雅黛涅拉大人。兩人就像事先講好般互相捏住對方的鼻子。

「呃，這是因為我一直在土裡生活啊！」

這三人對我的辯解充耳不聞，一起開始打量聖哉。雖然聖哉也跟我一樣髒兮兮……

「總覺得聖哉很狂野呢！」

「嗯、嗯，好、好帥喔。」

「跟莉絲妲完全不一樣，反而多了幾分酷勁呢。」

「！怎麼這樣啊！」

同樣在土裡生活，為什麼只有我又臭又落魄啊！實在搞不懂他們是什麼意思！

我不禁發了火，賽爾瑟烏斯則將冒著熱氣的咖啡杯遞給我。

「好啦，快喝吧。這是濃縮咖啡喔。」

我這才突然發現賽爾瑟烏斯的打扮不太一樣。他穿著背心，領口繫著領結。

「你……你怎麼這副打扮……？」

「喔喔，這個啊！其實在你們不在時發生了很多事呢！我終於開了我一直想開的咖啡廳！這裡是『賽爾瑟烏斯咖啡座』！請把這裡當成休閒場所來使用吧！」

「是……是這樣啊……」

仔細一看，四周放了幾張庭院桌，的確有露天咖啡座的樣子。

難怪阿麗雅和雅黛涅拉大人也聚集在這個角落……話說回來，賽爾瑟烏斯應該是劍神沒錯吧？為什麼會變成咖啡廳的老闆？算……算了，本人覺得好就好……

我啜飲著熱咖啡時，賽爾瑟烏斯突然遞出一根像樹枝的東西。

「這是我新做的吉拿棒！很好吃喔！」

呃，怎麼是用手直接拿給我？至少要放上盤子端給我吧！

要是平常我絕不會吃，不過我現在餓到前胸貼後背，還是一把搶過來啃下去。

「怎……怎樣？好吃嗎？」

「好吃！好好吃喔！」

「真的嗎！」

「嗯！比死亡蚯蚓好吃多了！」

「是嗎，太好了……咦，死亡蚯蚓是什麼！雖然不太清楚，聽了還是高興不起來啊！」

賽爾瑟烏斯雖然露出無法接受的表情，卻仍清了清嗓子轉換心情，將裝著吉拿棒的盤子遞給聖哉。

「你……你肚子餓了吧？要不要吃吃看？」

聖哉用冷淡的表情一口回絕。

「我不吃死亡吉拿棒。」

「！為什麼要加『死亡』兩字？這只是普通的好吃吉拿棒啊！」

聖哉無視賽爾瑟烏斯的叫嚷，將視線投向阿麗雅。

「阿麗雅，我想跟之前請妳介紹的神修練，可以現在就去嗎？」

「嗯，可以啊，我很早之前就跟對方談好了……」

「那就走吧。」

「等……等一下，聖哉！你不換衣服嗎！不洗個澡嗎！」

「那種事等下再說。」

聖哉扔下為吉拿棒不受青睞而難過的賽爾瑟烏斯，以及看似想跟他多聊幾句的雅黛涅拉大人，帶著阿麗雅一起離開了。

「再休息一下也沒關係啊……」

我故意用聖哉聽得到的音量抱怨，但他當然是充耳不聞。

現在我和聖哉在阿麗雅的帶領下，爬上一座坡度不陡的山。

我們要前往的地方，是位於統一神界的「隱遁神山」。

雖然從神殿就能遠眺其壯麗的山容，我卻從沒實際爬過這座山。聽說住在「隱遁神山」上的，是一群擅長仙術的神……

我們踩著石礫走了一會兒後，在山麓上看到一間像是圓木屋的小屋。

阿麗雅敲了敲小屋的門。

「拉斯緹，我是阿麗雅。我要進去嘍。」

我隨著阿麗雅和聖哉進入小屋……然後嚇到腿軟。

因為小屋裡竟然有獨眼巨人！

「咦咦咦咦！為……為什麼神界裡有魔物！」

不過獨眼巨人一拿起書架上的某本書，就發出炫目的光芒，巨大的身軀也瞬間縮小。光芒消失後，出現一個單手拿書的小女孩。她穿著類似和服的服裝，打扮很成熟，外表卻跟希望之燈火的艾希一樣年幼。

女孩對吃驚的我解釋：

「因為書架很高，以我的個子搆不到，所以才會變成獨眼巨人去拿。」

阿麗雅微微一笑，為我們介紹。

「這一位是變化之神拉絲緹。」

「變化之神……？」

我一頭霧水地將視線飄向聖哉，他就一臉不耐煩地開始說明。

「伊克斯佛利亞是個魔物到處橫行的世界，所以我本來打算在這裡學會變化之術後再出去冒險，因為只要變成魔物就能安全地行動。不過……都怪某個人亂搞，讓整個計畫泡湯了。」

我尷尬地陷入沉默，聖哉則目不轉睛地瞪著我。

「我所謂的『某個人』——就是指妳，莉絲妲。」

「我……我知道啦！不用特別講出來吧！」

我想轉換話題，便走近那個少女，彎下腰露出笑容。

「呃……很高興認識妳，小拉絲緹！我叫莉絲妲黛，請叫我莉絲妲就好！」

少女一聽皺起眉頭。

「妳這是瞧不起我嗎？我是神格比妳高的女神喔。」

「……咦？」

「莉絲妲！拉絲緹可是活了好幾萬年的女神啊！」

「是……是這樣嗎！非……非……非……非常抱歉！」

唔，我真的看不出來！畢竟她的外表和聲音都像幼稚園的小朋友！

拉絲緹對我翻白眼。

「妳不但臭，還又黑又髒，難不成妳是『掌管不潔的女神』嗎？」

「不，不是啦！我是治癒的女神啦！」

正當我拚命否定……

「別擋路，滾開，不潔的女神。」

有個聲音自背後響起，一股衝擊也同時襲上我的臀部！

「喔嘿！」

我被聖哉踹屁股，在小屋裡滾了幾圈！阿麗雅見狀嚇了一跳。

「咦咦！你們不是感情變好了嗎！」

「那個……發生了很多事後……就變得比雜草還不如了……」

阿麗雅目瞪口呆，我摸著屁股，聖哉則對拉絲緹開口：

「我問妳，可以用變化術變透明嗎？」

「沒辦法，只能變成以前看過的人或怪物，而且就算變化了，能力值還是維持原樣。」

「哼，算了，可以請妳現在就教我變化嗎？」

「ＯＫ，既然你有勇者的資質，應該能在一星期內學會吧。」

「不行，我想在十小時內學會。」

拉絲緹大人突然臉色一沉。

「別小看變化。變化和變裝不一樣，是不論聲音、氣味、體格、氣質——都變得跟對方如出一轍的神技，並非一朝一夕能練成的。」

拉絲緹大人接著對我們舉起她纖細的手臂。

「看好了。就像從潛意識中挖掘出來般，回想起自己見過的怪物……再詠唱這個變化咒語……」

詠唱完咒語後，拉絲緹大人的手臂發出光芒，瞬間變成獨眼巨人強壯的手臂。

「要做到這樣至少要三天。即使感覺很簡單，實際做起來也要相當程度的努力。」

不過……

「是這樣嗎？」

聖哉的手臂不知何時跟拉絲緹大人一樣，變成獨眼巨人的手臂。

「你……你以前學過變化之術嗎？」

「不，這是第一次。」

「要……要改變聲音其實也很難喔！要邊回想對方的聲音，邊詠唱這個咒語……這樣就能變成獨眼巨人的粗啞嗓音——」

拉絲緹大人講到一半，聲音就變成獨眼巨人如雷聲般的低沉聲音。

「哦，簡單來說就是這種感覺嗎？」

聖哉附和的聲音，也變成獨眼巨人的聲音。

「什……什……什……什……什麼——————！」

……我跟阿麗雅放心地離開小屋，邊走邊相視微笑。

「這次也學得很快呢！」

「嗯！說不定連十小時都不用喔！」

雖然對我和阿麗雅來說，聖哉恐怖的學習能力已經不值得大驚小怪，但拉絲緹大人還是嚇到眼珠都快迸出來……

「啊，對了，莉絲妲。等下去伊希絲妲大人的房間吧。她有事要找妳。」

「咦？什麼事？」

「我想應該不是壞事。總之等妳洗完澡整理好儀容後再去吧。」

我下山後就回到神殿，在浴室洗了熱水澡，換上乾淨的洋裝，把頭髮梳理整齊，接著就前往伊希絲妲大人的房間……

「莉絲妲，幸好妳沒事。」

大女神伊希絲妲大人跟平常一樣坐在椅子上，笑容滿面地編織東西。

「抱歉，讓您擔心了。」

「我聽雅黛涅拉說了。沒想到伊克斯佛利亞的敵人從初期就有帶連鎖魂破壞的武器……」

伊希絲妲大人說到這裡，表情變得有些嚴肅。

「還有一件事讓我很在意。你們破壞咒縛之球後，雖然覆蓋伊克斯佛利亞的霧靄曾有一瞬間散去，但那時我卻感受不到任何魔王阿爾特麥歐斯的氣息。」

「那……那是怎麼回事？」

「我不知道。連目前的狀況我都束手無策了。我有種預感，後面還會再發生更可怕的事……」

伊希絲妲大人接著從椅子上緩緩起身。

「我認為攻略伊克斯佛利亞已經超過處罰的範疇。我們現在一起去至深神界，由我來請求他們減輕懲罰。」

「謝……謝謝您！」

我對伊希絲妲大人的盛情充滿感謝。伊希絲妲大人果然像母親一樣溫柔。可是這件事真能如此順利嗎？

至深神界——雖然知道有這個地方，但之前從沒去過。我甚至連在哪裡都不知道。

伊希絲妲大人大人走向「時間停止的房間」。那裡保管著長生不死的諸神的靈魂。除了伊希絲妲大人外，沒人能未經許可進入房內。

伊希絲妲大人詠唱咒語，解開門的封印。我一踏進去，就有種輕飄飄的奇妙感覺。

「在這裡。」

我靜靜走在伊希絲妲大人的背後。在一排又一排的櫃子上，擺著微微發光的靈魂。走了一會兒後，我們來到櫃列末尾，眼前掛著巨大的畫。畫中有條蜿蜒小路通往山崖上的神殿，是幅充滿神祕感的畫。

「這裡就是至深神界。」

「咦？」

伊希絲妲大人握著我的手，朝著畫邁開步伐！

「嗚哇哇哇哇！」

眼看就要撞上畫布——一回神卻站在蜿蜒小路上，還能看到前方那座聳立在山崖上的神殿。原來我們進入了畫中的世界。

我們沿著路走到神殿前的石階後，伊希絲妲大人停下腳步，當場跪下。我也學她跪下。

「至深神界三神——創造之神布拉夫瑪大人，法理之神涅梅希爾大人，時間之神克羅諾亞大人……我是統一神界最上位的伊希絲妲，到此有一事相求……」

不久後，從神殿深處傳來威嚴的男神聲音，卻只聞其聲不見其人。

「妳所為何來……伊希絲妲？」

「是法理之神涅梅希爾大人啊。我所求無他，只是想針對這位女神莉絲妲黛受到懲罰，必須攻略難度ＳＳ的伊克斯佛利亞一事，提出我的看法……」

……伊希絲妲大人懇切地訴說伊克斯佛利亞的敵人擁有會引發連鎖魂破壞，進而消滅神魂的武器，並強調如再繼續救世，我和聖哉的靈魂會有被消滅的危險。然而……

「伊希絲妲，制裁是絕對的，無法變更。莉絲妲黛和龍宮院聖哉就這樣繼續拯救伊克斯佛利亞吧。」

面對這嚴厲的聲音，伊希絲妲大人用委婉的語氣回應。

「那麼，能不能至少讓莉絲妲黛使用她的女神之力？」

「不行，如果准許就不叫懲罰了。」

伊希絲妲大人的請求被一口回絕。就在這時……

「涅梅希爾，這樣會不會太過分了點？」

從神殿傳來女神的聲音。

「我們是諸神的父母，應該有義務要守護孩子吧。就算拯救伊克斯佛利亞這件事不能變更，既然敵人擁有能殺神的武器，多少讓步一些也是有必要的。」

「時間之神克羅諾亞，妳這是在反對我這個法理之神的裁決嗎？」

「那麼涅梅希爾，你的意思是我們的孩子被殺了也無所謂嗎？」

「我可沒這麼說。」

「你這麼做就等於說了。」

這兩位神眼看就要起口角時，突然又響起一個中性的聲音。

「兩位，冷靜一點。」

涅梅希爾和克羅諾亞頓時鴉雀無聲。

伊希絲妲大人偷偷對我耳語。

「那位就是至深神界三神之首——創造之神布拉夫瑪大人……」

這……這個聲音的主人就是至高神——創造之神布拉夫瑪大人！

聽到相當於諸神之長的布拉夫瑪大人的聲音，我不禁一陣緊張！

——布……布拉夫瑪大人究竟會給什麼意見？會站在我這一方嗎？還是會支持涅梅希爾大人呢……！

布拉夫瑪大人的聲音響徹至深神界。

「涅梅希爾、克羅諾亞，你們聽好了。其實如果不執行神界特別處置法，莉斯妲黛的治癒能力就跟藥草一樣貧弱喔。」

！布拉夫瑪大人啊啊啊啊啊啊啊啊啊啊！

至高神的話聽得我都快哭了。克羅諾亞大人和涅梅希爾大人也一片嘩然。

「竟然……跟藥草一樣？」

「她明明是女神不是嗎……？」

涅梅希爾大人追問布拉夫瑪大人。

「她的力量真的那麼微不足道嗎？」

「嗯，弱到爆。」

！竟然被至高神說「弱到爆」！

過了一會兒後，法理之神涅梅希爾大人的聲音再次響起。

「好吧，既然這樣，除了不能以神界特別處置法解放神力外，女神莉絲妲黛可以自由使用她的貧弱……不……治癒之力。」

從至深神界回來後，伊希絲妲大人把手放在我肩上，默默點頭。

縱使有千言萬語想說，但能使用治癒之力終究值得感謝，所以我也只好努力壓抑自己的情緒。

第十四章　憂傷的人魚

當我向伊希絲妲大人道完謝，準備離開時間停止的房間時……

『莉絲妲黛，把這個拿去。』

突然有聲音在我腦中響起。

『雖然這是過去的資料，或許還能派上用場。』

我一認出這是時間之神克羅諾亞的聲音，立刻就有張紙從頭上輕輕飄下。

「克羅諾亞大人……？」

我拿到紙後試著喃喃自問，卻沒得到答覆。

我於是看向那張紙——上面寫的內容令我驚愕。

魔王阿爾特麥歐斯

Lv：99（MAX）

HP：1092174　MP：354788

攻擊力：817772　防禦力：806584　速度：789834　魔力：

「是……是魔王阿爾特麥歐斯的能力值！」

我忍不住大叫，身旁的伊希絲妲大人則點點頭，

「這是克羅諾亞大人為妳準備的呢。」

「可是，我真的能看最終頭目的資料嗎！」

「這應該是一年前阿爾特麥歐斯打敗聖哉的小隊，剛得到邪神加護後的資料。她大概是認為既然是過去的資料，就算給妳看也不成問題吧。」

我又把紙重看一遍。特技和耐受性都沒寫，只有令人驚異的數值。前所未見的可怕數值看得我啞口無言，伊希絲妲大人也一臉嚴肅地注視我。

「雖然魔王戰還是很久以後的事，但敵人的能力值強成這樣，我不認為人類勇者能應付得了。看來攻略伊克斯佛利亞的戰況會遠比我想的更激烈。」

伊希絲妲大人似乎察覺到我神色緊繃，跟平常一樣露出微笑。

「你們眼前正面臨危機吧？妳幫我傳話給龍宮院，等那個危機解決後，記得先回神界一趟。為了讓你們的旅程能稍微輕鬆一點，我想再去至深神界做個提議……」

跟伊希絲妲大人道別後，我做了飯糰和簡單的配菜，放進便當盒裡，接著就前往隱遁神

山的小屋。

打開小屋大門的瞬間，我差點把特地做的便當掉在地上。

因為眼前竟然出現應該已經被打倒的布諾蓋歐斯！

雖然理智上知道那應該是變化成的，但那龐大身軀散發出的氣質和壓迫感，仍讓我不免膽戰心驚。

「呃……聖哉……是你沒錯吧……？」

「是啊。」

連……連聲音都完全變成布諾蓋歐斯了！根本分辨不出來！

這時我才終於搞懂。

原來聖哉這次是想用變化術裝成布諾蓋歐斯！所以即使有可以馬上打贏的勝算，還是花了三天調查布諾蓋歐斯！之所以在地下「噗嘿嘿嘿」地笑，也是為此在做練習，並不是地下生活過太久精神出問題！

發出炫目的光芒後，布諾蓋歐斯又變回聖哉。

「這代表你已經精通變化之術了吧！」

「嗯，比預定的時間更早學會。」

「奇怪？話說回來，拉絲緹大人呢？」

「她就坐在那裡。」

原本就嬌小的拉絲緹大人坐在房間角落，抱住膝蓋縮起身子。

「拉……拉絲緹大人？」

「……不要管我。」

其實不用問也能想像她為何變成這樣，一定是聖哉學太快讓她失去自信。我怕她會牽怒於我，乾脆當成視而不見。

「啊，對了！聖哉！我又能用治癒了！是伊希絲妲大人幫我向至深神界的神求來的！」

聖哉只是看似興致缺缺地用鼻子「哼」了一聲。

——什……什麼嘛！怎麼擺出那種表情！不過他心裡應該很高興吧！

我試著使出很久沒用的鑑定技能。

☆莉絲妲的心跳加速戀愛鑑定☆

◎他跟妳的愛情度是？　『5分』

◎對他來說妳是？　『藥草女』

◎一句小建議！　『他把妳當成聊勝於無的【會走路的藥草】！』

……YES！從不如雜草變成藥草女了！不但是聊勝於無的程度，分數也上升了4分！

太好啦啊啊啊啊啊啊啊……

我癱軟地雙膝一跪，旁邊傳來拉絲緹大人的聲音。

「妳……怎麼了？」

「不……不知道怎麼搞的……突然莫名地難過起來……」

不過我也不能一味喪氣，還有東西得拿給聖哉才行。

「吶，聖哉！這是時間之神克羅諾亞大人給我的！是魔王阿爾特麥歐斯過去的資料！」

「魔王的資料？這可信嗎？」

「當然嘍！這可是至深神界的神給我的！」

聖哉從我手中一把搶過紙查看。不久後，他面不改色地喃喃自語：

「攻擊力和防禦力都超過蓋亞布蘭德的魔王。」

——嗚……！沒想到這次的魔王，竟然比聖哉連用兩次瓦爾丘雷大人的最終破壞術式「天獄門」，賭上生命才勉強打倒的蓋亞布蘭德的魔王還強大……！

即使我多少有預感，一旦聽他說還是很絕望。真的有辦法打贏如此強大無比的敵人嗎！

剛才一直很沮喪的拉絲緹大人也站起身。探頭看了紙片後，她臉色也變了。

「太……太誇張了，這甚至比一般的神還強。你們真的沒問題嗎？」

「這、……我也不知道……」

這時聖哉又用新的絕望打擊我。

「妳說這是過去的資料。既然如此，那魔王現在能力或許又增強了。」

「可是聖哉，魔王等級已經封頂，應該不至於會……」

「我等級也封頂了，而且還在摸索超越極限的方法。換句話說，敵人也可能跟我有相同的想法。」

「這……這麼說來，伊希絲妲大人曾提過她感覺不到阿爾特麥歐斯的氣息。那也就是說……！」

「嗯，我認為他正在蓄積力量，打算突破極限。這麼想比較合理。」

我到這裡已經絕望到超越絕望，轉為虛脫了。

在鴉雀無聲的小木屋中，聖哉為了改變氣氛，稍微提高嗓門。

「總之，目前必須先專心撐過葛蘭多雷翁的視察。本來我想自己去現場就好，但攻略伊克斯佛利亞畢竟也是對莉絲妲的懲罰，不帶她去不行，所以……」

聖哉對我投以銳利的眼神。

「我要妳也變成怪物。」

「我……我嗎？我可不會變化喔！」

「妳不用擔心。這傢伙連『對象變化之術』都學會了。只要使用那一招，施術者就能製隨心所欲地幫別人變化。」

聖哉接著將右手對著我。

「我現在要把妳變成人魚。」

……咦？人……人魚？也就是美人魚嘍？真的假的！總覺得有點期待呢！可……可是人魚沒有腳，這樣沒問題嗎？

不久後，包圍我全身的光消散。

拉絲緹大人立刻拿穿衣鏡來。我看著鏡中的自己，不禁一陣愕然。

……像鮪魚的魚頭。

……長滿鱗片的粗糙身體。

……全身散發出的魚腥味。

我變成雙腳站立的魚人。

「！呃，這根本不是人魚，而是魚人吧！」

「我也沒辦法，在伊克斯佛利亞看到的魚型獸人就長這樣。」

「再說為什麼要把我變成魚人啊！」

「根據我的調查，魚人的智商比其他獸人低，基本上只會說『嗚喔，嗚喔』。這樣就不必說多餘的話，露出破綻的機率也較低，給妳當剛剛好。」

「別開玩笑了——！快把我變回來——！」

「喂，這不是在玩，認真一點。」

「我不要我不要！我可是女神耶！這種長相我死也不要——」

「……莉斯妲。」

我用魚人的樣子大吵大鬧，聖哉就重重地嘆了口氣。

「妳也差不多該偶爾派上用場給我看了吧。」

「唔……！」

聖哉難得用這種拜託人的語氣，大概是面對我時累積了很多的壓力吧。

「我……我知道了……我會忍耐的……」

「很好，那就從現在開始特訓。」

聖哉開始進行教學，好讓我更像魚人。雖然靠變化之術完全得到魚人的外表和氣質，但如果舉止很奇怪，還是會讓人起疑。

「聽好了，到那裡後沒我的許可不能講人話，開口時只能說『嗚喔嗚喔』。」

「先訂好妳我之間的暗號。嘴巴連續開合兩次是ＹＥＳ，三次則是ＮＯ。另外還要決定被敵人識破後的暗號。遇到這種情形時，就用魚鰓拍動同樣的次數。」

「不對，要更像魚人，步伐要更輕快。」

「別接近同類的魚人。萬一對方找妳攀談，要保持沉默到底。」

「妳還是沒有完全變成魚人。快拋開自我吧。妳是魚。」

在聖哉的指導下，我全心全意地努力練習。拉絲緹大人看到我在小屋中用魚人的動作走來走去，忍不住笑倒在地。就算被揶揄「魚腥味好重」，我還是不氣餒地埋頭苦練。

另一方面，聖哉利用我練習的空檔，在小屋外試著讓土隆起，看似在努力鑽研土魔法。

我問他為什麼要這麼做……

「我想至少練到即使在葛蘭多雷翁面前穿幫也能應付的程度。如果時間上允許，我會找土之神詳細教我，不過這次實在沒空。等下次再來把土魔法練得更熟。」

……他是這麼回答我的。

跟聖哉交談後，我回小屋繼續練魚人的彈跳式走法，也沒忘記要邊走邊發出「嗚喔嗚喔」的叫聲。

過了大約一小時後，從途中開始一臉嚴肅地看我練習的拉絲緹大人，竟然發出讚嘆。

「太厲害了，莉絲妲！不管怎麼看，妳都是完美的魚人！女神的影子已經蕩然無存了！」

「嗚喔，嗚喔嗚，嗚喔。」

「！莉絲妲！妳怎麼了！」

「啊……我忘記怎麼說話了……」

這時聖哉也進來小屋。

「嗯，挺有魚人的樣子。那我們差不多該走了。」

聽到聖哉這麼說，我就用魚人的樣子叫出通往伊克斯佛利亞的門，聖哉也再度變成布諾蓋歐斯。

「這次的目標，是以布諾蓋歐斯打倒勇者為說詞，設法將葛蘭多雷翁的視察應付過去……」

化成布諾蓋歐斯的聖哉突然眼神變銳利。

「不過，只要有機可乘，我就會殺掉葛蘭多雷翁，再變成那傢伙。妳要有心理準備。」

「嗯……嗯！我知道了！」

在穿過門前，我試著問聖哉：

「聖哉……你一切準備就緒了嗎？」

「那要看妳怎麼表現了。」

……說得也是。

第十五章　勇者的誤算

我依照聖哉的要求，將門開在布諾蓋歐斯的宅邸附近的小屋裡。化成布諾蓋歐斯的聖哉緩緩開門要進去時，先從懷中取出一條細長物體。那物體離開聖哉的手，迅速爬過地面，進入門的裡面。

「剛才那個難道是土蛇？」

「嗯。那是專門用來偵查的自動追擊土蛇。土蛇的眼睛連結我的眼睛。」

聖哉閉上眼睛，沉默了一會兒……

「很好，小屋裡和四周都確定沒有敵人。我們走吧。」

等確保安全無虞後，我們終於穿過了門。

把門消去後，聖哉透過陰暗小屋的窗子打量外面的情況，順便叮囑我。

「莉斯妲，從現在開始妳不能說人話，知道嗎？」

我點點頭說「嗚喔」。

聖哉於是一改之前的謹慎，大膽地把門打開，在賈爾巴諾街上昂首闊步起來。那沉重的步伐跟布諾蓋歐斯如出一轍。我也盡可能像魚人一樣，以小跳步跟在他後頭。

不久後，有兩個犬獸人看到我和聖哉，便跑了過來。

「布諾蓋歐斯大人！原來您在這裡啊！」

——沒……沒問題吧。絕對不要穿幫啊……！

我心臟噗通噗通狂跳，卻不見聖哉有絲毫動搖。

「嗯，雖然殺了勇者，但我也受了傷～所以我剛才去包紮一下～」

他拉長語尾說話，還摸了摸肚子。我這才發現聖哉扮的布諾蓋歐斯全身到處是傷，放咒縛之球的左眼也流著血。既然跟勇者交過手，身上要是沒傷反而奇怪。會注意到這一點很像聖哉的作風。

犬獸人完全不疑有他，繼續跟聖哉交談。

「對了，葛蘭多雷翁大人還沒抵達鎮上嗎～？」

「是啊，好像還沒來呢。」

「這樣啊～那我要去準備接待葛蘭多雷翁大人～喂，你們如果看到葛蘭多雷翁大人抵達，要請他來我家啊～」

「知道了。」獸人們低頭回應。聖哉把他們留在原地，邁步前進。我裝成布諾蓋歐斯的隨從，繼續用小跳步跟在後面。

……呼，完全沒穿幫呢。變化之術果然厲害！

後來我們又遇到幾個獸人，也一樣完全沒穿幫，就這樣走到布諾蓋歐斯的宅邸。聖哉把宅邸內滴水不漏地調查一遍後，在房間中央閉上眼睛。大概是正在放出土蛇，從遠距離觀察周遭的情況吧。

不久後聖哉接近我，對我耳語。

「好，現在可以小聲交談了。」

他接著摟住我的肩膀，把我拉過去。雖然這情境感覺不錯，不過一個是半獸人，一個是鮪魚頭，根本一點也不浪漫……

「看來在葛蘭多雷翁到鎮上前還有些時間，我要趁這時在房子周圍配置土蛇，以便能隨時發動攻擊……莉斯妲，妳把房間收拾一下，差不多就好，別太乾淨，不然會顯得做作。要適度留下打鬥的痕跡。」

我整理房間時，聖哉走出房內。過了一會兒後，他竟然帶了繫著鎖鍊的年輕男女回來。聖哉布諾蓋歐斯就像對待寵物一樣，把這對畏怯的男女各自綁在房間兩端。

連……連人類的奴隸也帶來了！準備得真徹底……！

「莉斯妲，關於這些奴隸……不，等一下……」

聖哉突然停下動作，往我瞄了一眼，默默點頭。

——難……難道……終於來了啊……！葛蘭多雷翁……！

獸人看不穿我們的真面目，這一點已獲得證實。但我胸中的心跳卻依舊快速，身為女神的直覺正發出警報。

不久後，一陣比馬蹄聲還大的聲響和震動傳來，「咚、咚、咚」地搖撼鼓膜。我隔著破掉的窗子，看到外頭駛來一輛由兩頭龍拉的龍車，上面載了個大型獸人。

那個獸人由山羊獸人為他駕駛龍車，自己則穩穩坐在有靠背的座椅上，一邊的手肘撐在大腿上。獅頭的金色長鬃毛迎風飄揚，強壯的身軀披著漆黑盔甲。雖然沒掛佩劍，雙手的黑爪卻長如小刀。他一手拿著狀似人類手臂的焦黑物體，放進嘴裡。

——嗚……嗚哇……他在啃人類的手臂……！那就是獸皇葛蘭多雷翁……！

即使隔得很遠，還是能充分感受到那股壓迫感。他身上散發的靈氣，比我這一路在伊克斯佛利亞看過的每個獸人都還漆黑。

扮成布諾蓋歐斯的聖哉，原本在我身旁一起觀察情況……

「嗚……！」

卻突然發出痛苦的呻吟。

「那是……什麼能力值啊……」

看來聖哉是在透視葛蘭多雷翁的能力值。話說他的能力值到底有多可怕，竟然能讓聖哉這麼驚訝？

我也發動透視能力，看向葛蘭多雷翁……

獸皇葛蘭多雷翁

Lv：99（MAX）

HP：1200044　MP：0

攻擊力：856121　防禦力：819637　速度：807711　魔力：58754　成長度：999（MAX）

耐受性：火、風、水、雷、冰、土、光、闇、毒、麻痺、睡眠，詛咒、即死，異常狀態

特殊技能：邪神的加護（Lv：MAX）

特技：漆黑殺爪（Jet Black Nail）

性格：凶惡

「攻擊力有……八十五萬……！這是怎麼回事……！」

我用顫抖的手搖晃聖哉布諾蓋歐斯的肩膀。

「這……這……這怎麼可能！偽裝！是偽裝吧！是用偽裝技能偽造出的能力值吧！」

「別這麼大聲。現在看到的毫無疑問就是他原本的能力值。」

「可是他的攻擊力和防禦力，都比魔王阿爾特麥歐斯強啊！」

「冷靜點。這次就照當初的預定，先專心應付葛蘭多雷翁的視察。只要這樣就好。」

聖哉接著用銳利的眼神看我。

「已經沒時間一一解釋，總之不管發生什麼事，保持沉默就對了。有聽到嗎？不管發生

什麼事都一樣。妳如果做不到，我們就死定了。」

「我……我……我知道了……」

雖然我嘴上這麼說，內心卻一片混亂！部下的能力值竟然超過魔王——怎麼會有這麼反常的事！

情緒尚未平復，房外卻有腳步聲接近。

我還來不及整理好心情，門就緩緩打開——獸皇葛蘭多雷翁現身。

「……破壞得真徹底。勇者闖進了你的住處嗎？」

葛蘭多雷翁把房內環顧一圈，喃喃地這麼說。這聲音非常低沉渾厚，連內臟都感受到震動。

葛蘭多雷翁看了聖哉布諾蓋歐斯一眼後，也把視線投向他背後的我。我心臟頓時漏跳一拍，不過他又立刻把視線移回布諾蓋歐斯身上。畢竟布諾蓋歐斯是這個鎮的統治者，就算有獸人隨從也不稀奇。

「布諾蓋歐斯，你似乎受傷了。還好嗎？」

「還好～雖……雖然勉強打倒那個臭勇者……不過他還真的不好對付……」

「打倒了嗎？反正對上區區人類，你也不至於會輸吧。」

這時聖哉布諾蓋歐斯突然腳步不穩，用手撐住牆壁，痛苦呻吟。

「喂喂，你不要緊吧？」

「噗……噗嘿嘿嘿。還……還可以。」

「看來你被打得很慘呢。抱歉挑你受傷的時候來，不過我還是得繼續視察才行。我保證會盡快結束。」

……我一邊聽著對話，一邊對聖哉的行動感到佩服。

真……真是高招！只要假裝受重傷，對方就更不易察覺！就算舉止跟平常有些出入，也能以受傷為由矇混過去！

「那麼，關於我這次視察的目的……」

葛蘭多雷翁決定來賈爾巴諾視察是在兩天前，當時聖哉正在用壓縮空土砲狙殺那些獸人。換句話說，葛蘭多雷翁在那個時間點就打算來幫布諾蓋歐斯一起打倒勇者。但既然勇者已經被布諾蓋歐斯打倒，那他視察的目的又是什麼……？

葛蘭多雷翁接下來的話，讓我背脊整個凍結。

「我就坦白說吧，這次視察的目的，是來確認你是不是布諾蓋歐斯。」

——他……他……牠說什麼……！

「雜色髮的惡魔向我進言，說勇者可能會把你打倒，再假扮成你。」

又……又是「雜色髮的惡魔」！而且……糟了，這下糟了！我們的行動被看穿了！

「所以不好意思，讓我做兩三個檢驗吧。只要確定你是真正的布諾蓋歐斯，我就馬上結束。」

葛蘭多雷翁緩緩走向聖哉，以近到鼻息能噴到對方的距離——一語不發地瞪著他看。這十幾秒對我來說無比漫長。

「味道、靈氣、能力值……都是布諾蓋歐斯的沒錯。」

「那……那是當然的啊～」

聖哉布諾蓋歐斯陪以笑臉。葛蘭多雷翁又提出疑問。

「你殺掉的勇者的屍體呢？」

「已經粉碎掉了。本來想活捉他的。」

「他畢竟是強敵，那也沒辦法。不過……這是真的嗎？既然是你幹的，該不會是把他吃掉了吧？」

「我……我怎麼可能那麼做啊～噗……噗嘿嘿嘿……」

「哼，那換下一個問題。之前用水晶球跟我交談的內容……你應該還記得吧？能不能告訴我當時那個問題的答案？」

「咦，什麼～？答案～？」

「之前我有說過吧，就是『正確的數字』。就算我不明說是什麼的數字，你也應該知道才對。」

聖哉陷入沉默，葛蘭多雷翁則用尖銳的眼神盯著他看！不過……即使這樣我也很放心！葛蘭多雷翁問的數字——就是「被勇者殺掉的獸人總數」！躲在布諾蓋歐斯的宅邸下方時，聖哉就已透過竊聽調查完畢！沒錯！那段艱苦的鼴鼠生活就是為了這一刻！在還沒打倒布諾蓋歐斯前，就已經思考要如何完美地扮演布諾蓋歐斯……不愧是聖哉！簡直滴水不漏！

「喂，怎麼了？我之前不是叫你要調查嗎？」

「是……是啊……是被勇者打倒的獸人的數量……沒錯吧……」

「對，趕快說啊，布諾蓋歐斯。」

看到葛蘭多雷翁顯得不耐煩，開始語帶威嚇，我又突然焦慮起來。

怎……怎麼了，聖哉？難道他在這時出狀況，把答案忘光光了嗎！你打敗的獸人剛好三百個！只要說了就能擺脫嫌疑！

「喂，你怎麼不說？」

「那……那個嘛……呃……」

布諾蓋歐斯汗如雨下，低頭不語！葛蘭多雷翁渾身散發出凶惡的靈氣！

「快說啊……你這廢物……如果再不說……就殺了你……！」

咦……咦……咦！為什麼？為什麼不回答！

面對這急迫的狀況，我慌了手腳，呼吸紊亂！但過了一會兒後，葛蘭多雷翁彷彿隨時要撲過來的獰猛表情，卻稍微緩和下來。

「你果然還是沒掌握到數字啊……」

咦……！這……這究竟是……？

「很像你會出的紕漏呢，布諾蓋歐斯。」

「抱……抱歉……」

原……原來如此！聖哉考量到布諾蓋歐斯的個性，即使知道也故意不回答，假裝不知道！完……完美！太完美了！

「唉……看來十之八九是本人是沒錯……」

「討……討厭啦～我一開始就是我啦～」

「是啊，不過那個雜色髮廢物說，他用來觀察勇者動向的水晶球裡，從幾天前就只出現雜訊了。」

幾天前……那是聖哉從衝動變謹慎的時候！也就是說，聖哉預想到自己會被敵人偷看，就使出偽裝技能，用雜訊妨礙水晶球嗎？但……但即使這樣……！

「那些雜訊還沒消失。依雜色髮的說法，這證明了勇者可能還活著……還在繼續進行妨礙。那個廢物惡魔對我說『勇者可能扮布諾蓋歐斯扮得很逼真，你一定要打破砂鍋問到底才行』。」

葛蘭多雷翁滿臉嫌惡地一拳捶在桌面上，驚人的臂力把桌子瞬間粉碎，化為烏有。

「那廢物真是不乾不脆！要分辨人類和魔物的話，不是有更簡單的方法嗎！」

布諾蓋歐斯指向在房間角落發抖的女性奴隸。

「布諾蓋歐斯，這是最後測試。把那女的……殺了！」

女奴突然輕輕叫了一聲「咿」。聖哉布諾蓋歐斯的聲音似乎也有些走調。

「這……這樣可以嗎～？在這個鎮禁止殺人類……」

「這次我准你，殺吧。」

我全身頓時冒出冷汗。

怎……怎……怎麼辦！再怎樣也不能殺人啊！為了將布諾蓋歐斯扮得更逼真而帶來的奴隸，卻反過來害了自己！

「應該下得了手吧？只要你不是勇者的話……」

葛蘭多雷翁把手放在布諾蓋歐斯肩上。

「沒……沒辦法了……」

聖哉布諾蓋歐斯抽出背後的斧頭。

——那把斧頭其實是變化後的白金之劍！這下子沒辦法了！只好先假裝殺奴隸，再趁隙偷襲葛蘭多雷翁，設法逃出這裡……

但我的預測完全失準！聖哉布諾蓋歐斯走近女奴隸，舉起斧頭，不由分說就劈了下去！

這過於強大的一擊將女子和地板隨巨響一起粉碎，並在地下轟出一個大坑！

這景象看得我目瞪口呆，彷彿中了麻痺般渾身僵硬！

——騙人的吧！聖哉把奴隸……把人類……給殺了……？

聖哉布諾蓋歐斯面不改色地開口：

「既然都要這樣，倒不如讓我吃掉～啊！沒……沒什麼～！剛才……噗嘿嘿嘿……只是開玩笑的啦～」

「看來你終於恢復正常了，布諾蓋歐斯。」

兩人開心地交談，我的身體卻抖個不停。

聖……聖哉才不會殺人！他只假裝殺了！一定是這樣沒錯！可是……可是……！

攻擊命中女奴隸的景象，深深烙印在我的視網膜上。她被地坑吞噬前遭到破壞手腳四散的身影，也一樣深植我的腦海……

我的身體違反自己的意志，主動靠近聖哉背後。

「聖……聖哉……」

我一叫，聖哉布諾蓋歐斯就回頭握住我的手臂，眼睛瞪得老大。

「閉嘴！給我安靜！」——聖哉無言地這麼告訴我。

葛蘭多雷翁用狐疑的表情看向我。

「喂，這隻魚是幹嘛的？」

「喔……喔喔，是幫我打雜的僕人啦～」

「他剛才是不是有說話？」

葛蘭多雷翁朝我走來，但走到一半便皺眉搖頭。

「呿，魚腥味好臭。」

我總之先抓抓頭，像魚人一樣說話。

「嗚，嗚喔嗚喔……」

「真是的，我完全搞不懂魚人這個種族在想什麼。」

葛蘭多雷翁接著再次面向聖哉。

「抱歉，在你受傷時打擾你。視察就到此結束。我先回塔瑪因了。」

……葛蘭多雷翁跟聖哉布諾蓋歐斯聊了兩三句後轉身離去。布諾蓋歐斯聖哉朝他一鞠躬，我也模仿他低頭行禮。

不久後，傳來關門的聲音。等我抬起頭時，獸皇葛蘭多雷翁已不在房裡。

我想找聖哉講話，聖哉卻默默搖頭，閉上眼睛。我識趣地保持沉默，直到聖哉終於點頭。他應該是透過自動追擊土蛇，確定葛蘭多雷翁已離開現場。

「吶……吶，聖哉！你……你剛才把奴隸給殺……殺……殺了——」

當我把如鯁在喉的問題一吐為快的瞬間，聖哉布諾蓋歐斯一把揪住我的胸口。

「咿！」

刺眼的光芒同時亮起。我和聖哉都解除變化，恢復平常的外表。而現在——勇者正用鷹隼般的眼睛瞪著我。

「我不是說過無論發生什麼事，都得保持沉默嗎？」

「可……可是……！」

「妳沒遭到葛蘭多雷翁懷疑，純粹是運氣好。他一旦對妳產生戒心，事情就無法挽回了。」

聖哉接著「咚」的一聲把我粗魯地推開。我一屁股跌坐在地。

「可……可是，這是因為聖、聖哉把奴隸……！」

聖哉走近在房間角落顫抖的男奴隸，將手往前舉起。

「咦……！」

等光芒消失後，男子變成土人偶。

「這是綜合土魔法和變化之術的招式。我覺得葛蘭多雷翁可能會懷疑我，命令我殺人類，所以才事先在房內配置兩個土人偶。」

「連……連這種事都辦得到啊……！」

「人偶能做簡單的動作，還能說隻字片語的人話。如果再配合偽裝技能，就算被透視，也只會顯示一般人類的能力值。當然偽裝能力值在妳我身上也有發動。」

「你竟然考慮得這麼仔細……！」

「沒錯，但不管我準備得多用心，只要妳露出破綻，一切苦心都會化為泡影。」

「對……對不起……」

聖哉輕輕咂了下舌，喃喃自語般地說：

「出現能力值跟魔王相近的敵人，當然也在我的預料內。不過說真的，我沒想到會這麼初期就遇上能力值超越魔王的敵人。看來今後的計畫必須再做大幅修改……」

常把「預料內」掛在嘴上的聖哉難得會這麼說，而且口氣也有點焦躁。

不過聖哉會焦慮也在所難免。不但出現能力值超乎預期的敵人，又差點被我扯後腿。如果葛蘭多雷翁看穿我的真面目，我們鐵定會被殺……

四周瀰漫沉重的氣氛，讓我實在坐立難安。

第十六章　女神宣言

不管怎樣，我們總算脫離險境。我一邊叫出通往神界的門，一邊戰戰兢兢地告訴聖哉伊希絲妲大人在找他。不過聖哉也只是默默地施展土魔法和變化之術，做出布諾蓋歐斯的人偶，再把土偶放上房裡的床，蓋上棉被。看來他想在自己回神界時多爭取一些時間。

「吶，我們不把打倒布諾蓋歐斯的事告訴希望之燈火的人嗎？」

聖哉無視我的問題，朝房門走去。

「等……等一下，聖哉！你有在聽我說話嗎！」

「……如果希望之燈火被葛蘭多雷翁得知，他一定會鎖定那裡，所以目前他們還是一無所知地在地下生活比較安全。」

他連我的臉都不看，直接丟出這句話。

我們在這糟糕至極的氣氛中，回到了統一神界。

我讓門出現在伊希絲妲大人的房間前。聖哉連門都不敲，直接把門大大敞開。

「喂，婆婆，那份魔王的資料真的是至深神界的神給的嗎？」

聖哉不但不打招呼，還用不客氣的口吻質問大女神，令我不禁心驚膽戰。

「沒錯，那毫無疑問是時間之神克羅諾亞大人給的。」

伊希絲妲大人還是跟平常一樣不責備聖哉。之後聖哉又說出類似牢騷的話，她也是邊點頭邊聽。當得知獸皇葛蘭多雷翁的能力值超過魔王阿爾特麥歐斯時，伊希絲妲大人換上嚴肅的表情。

「既然這樣，你絕對要避免跟那個敵人——葛蘭多雷翁戰鬥。攻擊力超過八十五萬……已經接近軍神雅黛涅拉獲准執行神界特別處置法，解放全部神力後的能力值。講白一點，要以人類之身打倒葛蘭多雷翁是不可能的。」

我吞了口口水。聽到統一神界最上位的女神伊希絲妲大人斷言「不可能」，我不免恐懼顫抖。

「那……那該怎麼做才好……？」

「方法是有的。葛蘭多雷翁之所以強到令人吃驚，一定是因為得到邪神莫大的加護。只要阻斷那股力量，葛蘭多雷翁應該就會變弱。」

伊希絲妲大人接著將視線移向聖哉。

「這本來應該用在魔王戰才對……不過沒辦法了。龍宮院聖哉，我現在要傳授你『六芒星破邪祕儀』。這已經得到至深神界的許可。」

我一陣錯愕，忍不住喃喃自語。

「六芒星破邪祕儀……！」

就在這一瞬間，伊希絲姐大人和聖哉同時看向我。

「哎呀，莉絲妲黛，難道妳知道嗎？」

「不，我完全不知道！那是什麼？」

……四周頓時陷入尷尬的沉默。

過了幾秒後，聖哉一臉認真地說：

「莉絲妲，妳很礙事，限妳五秒內出去。」

「好……好啦……我知道了。」

門關上後，我默默地咬緊牙關。

——蹺什麼啊啊啊啊啊啊啊！就是不知道才會那麼說啊啊啊啊！

「……六芒星破邪祕儀啊。詳細內容我也不清楚，只聽說諸神在消滅邪神等級的強敵時會用，是祕術中的祕術。」

遭到冷落的我來到前輩女神阿麗雅的房間。聽完這番話後，我重重地嘆了口氣，阿麗雅則一臉擔憂地看著我。

「妳還好嗎，莉絲妲？」

「嗯……總覺得最近過得好艱苦……」

「畢竟妳吃了很多苦嘛。喝點茶打起精神吧。」

我把阿麗雅端出的紅茶，連同她的體貼一飲而盡後，心中累積的不滿就脫口而出。

「話說我也很努力了啊！身為女神卻一下吃死亡蚯蚓，一下變成魚人『嗚喔嗚喔』地叫！結果卻被嫌礙手礙腳！」

「不……不過如果被那個叫葛蘭多雷翁的敵人看穿真面目，妳的性命也會有危險吧。所以聖哉才會氣過頭……」

「是這樣嗎？真是的，我都被搞糊塗了！那傢伙真的是我前世重要的人嗎！」

我表現得忿忿不平，阿麗雅則喝了口紅茶，用冷靜的表情看我。

「吶，莉絲妲，轉生後的人類會忘記從前的事，轉生成女神的人類也一樣。妳知道這是為什麼嗎？」

「那……那是因為……」

我不知該如何回答。阿麗雅就直白地告訴我。

「就是為了『忘掉一切，邁向新的人生』。必須讓自己別被過去絆住才行。」

「嗯……嗯。」

……阿麗雅說得很有道理。然而「不管怎麼說，聖哉對我而言依舊很特別」——這一點我還是無法完全否定。

離開阿麗雅的房間後，我去伊希絲妲大人那裡。這當然是為了打探聖哉的狀況。

「打擾了……」

我說完後打開房門……聖哉卻不在房裡。

「奇怪？難道聖哉已經學會了嗎！」

伊希絲妲大人露出微笑。

「他學習速度本來就快，而且祕儀的步驟也不難記。六芒星破邪是難在實行。」

「那……那聖哉現在人在哪裡？」

「他是個謹慎的孩子，只靠祕儀終究不放心。他說『想學新的特技』，就跑去屋頂找瓦爾丘雷了。」

我有種不好的預感。向伊希絲妲大人行完禮後，我連忙趕去屋頂。

一打開神殿頂樓的門，就看到空中高掛著新月和滿月——兩個月亮像彼此依偎般散發著光芒……

而在神界的月光照耀下，聖哉和破壞女神瓦爾丘雷大人站著抱在一起！

「！喂————！你們又在做什麼！」

不好的預感成真。我對這似曾相識的景象大叫，兩人卻依舊緊抱不放，沉浸在兩人世界中。身上只纏著鎖鍊，幾近半裸的女神對聖哉喃喃低語。

「聖哉，我就覺得你應該會再回來。」

「瓦爾丘雷，在蓋亞布蘭德時多虧有破壞術式，真是幫了我大忙。」

接著他們將臉貼近，近到能感受對方的氣息！

──為……為什麼！以前瓦爾丘雷大人跟聖哉相擁，是為了賦予他破壞的靈氣！兩人實際上並不是那種關係啊！

「對了，我明明忘了其他神的招式，卻想起掌握掌握壓壞。這是為什麼？」

「破壞術式是你我訂下誓約的證明，不可能完全忘記。總有一天你會全部想起來的。」

「原來如此……對了，瓦爾丘雷，我目前正在尋找突破能力值界限的方法。以前透視妳的能力值時，我在特殊技能欄有看到『突破能力值界限』。妳是不是知道些什麼方法？」

「很遺憾，那是我身為破壞神與生俱有的技能，沒辦法教別人。」

「這樣啊……」

在聖哉的注視下，瓦爾丘雷大人有些尷尬地別開視線。

「在這個統一神界裡，的確有超越能力值上限的方法。不過伊希絲姐她不能說，而我也不能明講。」

明……明明有卻不能講？這是怎麼回事？意思是這方法很糟糕嗎！

「聽好了，聖哉，是神緣之森。線索就在那裡。」

……完全被當空氣的我為了刷存在感，便介入兩人之間，提高嗓門說：

「聖哉！伊希絲妲大人有教你祕儀吧！這樣不就有方法攻略葛蘭多雷翁了？為什麼現在還要進行有危險性的修練呢！」

「如果等有個萬一才後悔『當時怎麼沒練』，那就太遲了。不是上陣時才認真，練習時更要認真。」

瓦爾丘雷大人雙手抱胸，點頭如搗蒜。

「真不愧是聖哉，你很懂嘛。」

她接著露出陶醉的表情，用纖細的手指輕撫聖哉的臉頰。

「如果我是負責你的女神就好了。」

「嗯，對啊，如果是跟瓦爾丘雷一起，要攻略伊克斯佛利亞也比較容易吧。」

「什……什……什……什……什麼……！」

我蒙受莫大屈辱，渾身顫抖不已。瓦爾丘雷大人則再次將身體貼近聖哉。

「聖哉，以後不准再用天獄門。要是你不在，我會寂寞的……」

「好，我會儘量不用。」

接著兩人就像要接吻般將臉靠近——

「嗚哇啊啊啊啊啊啊啊啊！不～要啊啊啊啊啊啊啊啊啊！」

我終於忍無可忍地硬闖進他們之間，用蠻力分開兩人。

「妳……妳幹嘛突然這樣啊，莉絲妲！」

我跟當時一樣淚眼漕漕。

「啊嗚嗚嗚嗚！要是早知道會變成這樣，在蓋亞布蘭德魔王戰時，就乾脆讓聖哉粉碎算了——！」

「妳……妳怎麼說得出這種話！妳是負責他的女神吧！」

「嗚嗚！因為……因為……嗚噗！啊噗！」

「莉絲妲黛……」

瓦爾丘雷大人的表情變嚴肅了——正當我這麼想時……

「哈——哈哈！哭得好醜喔！這樣也配當女神嗎！」

下一秒她卻突然捧腹大笑。

「！什麼嘛啊啊啊啊啊啊！」

我邊哭邊捶打瓦爾丘雷大人。面對我的貓拳，神界最強的破壞神連閃都懶得閃，還露出傻眼的表情。

「真是的。妳也振作一點啊，莉絲妲黛。明明都不是人類了……」

我邊嚎啕大哭，邊跟在前往神緣之森的聖哉身後。

從屋頂下來走出神殿再到神緣之森，是一段很長的距離。

走了這麼長的路，讓我心中的悲傷和惆悵逐漸轉為苦楚……

——唉……我到底在做什麼?簡直像個笨蛋……

不久後,苦楚又變成焦躁和憤怒。

沒錯……!瓦爾丘雷大人說得對!而且不只阿麗雅,連聖哉也有說過!我已經不是那個跟聖哉是情侶的緹雅娜公主!我是女神,聖哉是人類!我們今後是絕不可能結合的……!

神緣之森的入口被月光微微照亮。

我用洋裝的袖子用力擦乾眼淚,朝聖哉的背後大喊。

「龍宮院聖哉!」

聖哉懶洋洋地回頭。

「什麼事?」

「我是女神!你是我召喚來的勇者!我們的關係僅止於此,不會超越也不會倒退!」

「事到如今還說這種廢話幹嘛?」

「沒錯!我只是要讓自己重新認清現實!」

我抬頭挺胸作出宣言。

「我要拯救伊克斯佛利亞!億中選一的奇才,龍宮院聖哉!為了拯救世界,請把你的力量借給我吧!」

聖哉對我投以像看到笨蛋的眼神,用鼻子「哼」了一聲,然後繼續前進。

我像之前那樣追在他身後,心情卻十分暢快,跟剛才簡直是天壤之別。

「……所以說蜜緹絲，關於突破能力值界限的方法，妳是不是知道些什麼？」

「沒錯，的確有方法。」

妖豔的弓之神蜜緹絲大人，揚起嘴角回答聖哉的質問。

「告訴我吧。」

「呵呵呵，當然可以。不過在那之前，有件事讓我很在意——」

蜜緹絲大人說到這裡，「呼」的一聲吐出氣來。

「……為何我會突然被綁在大樹上？」

聖哉一找到蜜緹絲大人，就突然靠近她背後賞了一記手刀。等她昏過去後，再用繩子將她綁在附近的大樹上。

「妳是會突然脫光光襲擊別人的變態女神，所以我得提早做好處置。」

「是這樣嗎？」

蜜緹絲大人沒多作反駁，看似接受這個說法。依舊被五花大綁的她一臉嚴肅地說：

「在這座森林深處……大女神伊希絲妲的千里眼也看不到的深淵裡……存在著可能讓聖哉先生的力量突破界限的方法。」

「哦，在森林深處嗎？」

聖哉只問到這裡，就把蜜緹絲大人扔著不管，轉身準備離去。我嚇了一跳。

「咦……不幫她解開繩子嗎？她不是都告訴你了……？」

我有點擔心地回頭看向蜜緹絲大人。只見她臉頰染上紅暈，不住顫抖。

「啊啊，被綁起來放置PLAY！感覺好興奮喔！」

……嗯，還是算了。反正又不會死人，先放著吧。

我們於是把蜜緹絲大人留在原地，往神緣之森的更深處前進。

默默走了一會兒後，我發現四周的樹變得歪七扭八，形狀很恐怖。那些樹遮住月光，讓視野變得很昏暗。明明身在神界，感覺卻像迷失在魔界的森林裡。

我有些害怕，想挽住聖哉的手臂，但還是一邊提醒自己：「我是女神！聖哉是人類！」一邊握緊拳頭走下去。

這時聖哉忽然停下腳步。

「唔，是這個嗎……」

一穿過詭異的樹林，就看到一口井孤零零地杵在草原中央。

「為什麼這種地方會有井……等……等一下！這該不會就是……！」

……還記得剛轉生為女神時，阿麗雅對當時年幼調皮的我這麼說過。

『莉絲妲，如果妳太不聽話，我就把妳丟進森林裡的不歸井喔！』

我一聽就害怕得哭了起來。

『那妳以後都要好好聽話喔。』

阿麗雅接著溫柔地摸我的頭。

——「不歸井」……！我還以為那是阿麗雅編來嚇我的恐怖故事……沒想到是真的……！

我搖晃聖哉的肩膀。

「聖……聖哉！這裡不行！以前阿麗雅說過，人只要接近這口井，就會變得很奇怪！」

「那妳完全不用擔心。」

「咦……啊？呃……呃……你這傢伙，說這話到底什麼意思！」

聖哉朝著井大步走去。從以前開始，只要是跟修練有關的事，他就一點也不謹慎。

「妳不是想拯救伊克斯佛利亞嗎？如果不多少亂來一下，是無法超越極限的。」

「或……或許是這樣沒錯啦，可是……！」

井邊有掛繩梯。聖哉碰了碰繩梯，確認安全無虞後，開始爬下繩梯。我也抱著猶豫跟聖哉一起下井。

順著繩梯下到井底，眼前出現一片昏暗又寬廣的空間。

「這裡是井底？比想像中來得寬敞呢……」

前方開了個大洞，看似用水泥建造的近代隧道。

「等……等我一下，聖哉……」

當我追著聖哉踏進隧道時……

「快趴下！」

突然傳來大吼聲！有東西從隧道裡衝出來撞我！

「呀噗！」

我被這股衝擊撞倒在地！

「怎……怎……怎麼了！」

我轉過頭去，發現有個穿骯髒迷彩服的人趴在我身上！還有兩團柔軟的物體抵著我的背……難道這個人是女的……？可、可是她怎麼會在這種井裡……？

「咻咚咚咚！砰鏘！」

這女人甩著媲美雅黛涅拉大人的蓬頭亂髮，邊鬼叫邊離開我，自顧自在地上翻滾。

「敵人引爆爆裂魔法！快往左右散開，以免遭到波及！」

她邊大叫邊注視前方，前方卻空無一物。

「神界統一（Almagz）戰爭還沒結束！」

「神界統一……這個人到底在說什麼？」

我一喃喃自語，迷彩服女就雙眼圓睜，朝我飛撲而來！

「咿————！」

「竟然不知道神界統一戰爭！妳是新來的女神嗎！」

「我……我真的不知道！抱歉！很抱歉我是菜鳥女神！」

迷彩服女一聽，往地上搥了一拳。

「在第一次神界統一戰爭（Almag Z First）中，我方由暴虐之神梅爾賽斯大人指揮的小隊，被擁護伊希絲妲的破壞神瓦爾丘雷逼到無路可退！梅爾賽斯大人遭瓦爾丘雷的破壞術式擊潰，而本人也敗在軍神雅黛涅拉的双極．連擊劍下……咕嗚嗚！」

她憤怒的表情忽然緩和下來。

「不過！不過……只要有經過本人再三改良的最強絕技『狀態狂戰士．第三階段（State Berserk Phase Third）』，就算是軍神雅黛涅拉也不足以為敵！」

面對這情緒豹變開始獰笑的詭異女人，我好不容易才開口：

「妳……妳到底是什麼人？」

「喔喔……本人還沒報上名號吧，真是失禮……」

女人接著用沒聚焦的眼眸看向我們。

「本人是戰神傑特。」

第十七章　戰神

迷彩服女神抓抓頭，讓原本就很亂的頭髮變得更亂。

——戰……戰神傑特……！這個神知道突破能力值界限的方法……咦，奇怪，人怎麼不見了？

我一回神，發現傑特正在地上匍匐前進。

「呼呼！為了迎接第一次神界統一戰爭……呼呼！演練是不可或缺的——！」

嗚……嗚哇……！我感覺到跟雅黛涅拉大人一樣……不，甚至比她更嚴重的異常感！這下得小心跟她應對才行！

但聖哉卻低下頭，邊看著在地面爬行的傑特邊開口。

「喂，那邊那個『噁心的傢伙』。」

「！怎麼說得這麼直接！」

呃，為什麼能對初次見面的人說出這種話？這邊也有個怪人啊！

「我等級已經封頂，無法再上升。妳知道有什麼方法能讓我突破能力值上限嗎？」

「……知道。」

傑特旋即起身，將臉一口氣湊到聖哉眼前。

「想超越人類的極限，只要不當人就好！一旦變成非人的『狂戰士』，除了魔力外，所有能力值都會倍增！」

能……能力值倍增！有這樣夢幻的方法嗎！不……不過就算真的有，像這種程度的絕技，應該也不會輕易傳授他人吧！

沒想到傑特卻對聖哉微微一笑。

「本人剛好很閒，就來教你吧！」

「！騙人，真的假的！竟然這麼簡單就答應了！」

「本人一直被關在井裡，覺得有點無聊。由於伊希絲妲設下結界，就算你們回得去，本人也無法離開這口井。」

「那麼在開始前，我有問題要問妳。這一招之前有人類學會嗎？」

「嗯……算是有吧，不過只有一個。」

「學習時會伴隨什麼危險嗎？」

「嗯……算是有吧，不過不至於出人命。」

好……好可疑……！能力值竟然能加倍……哪有這麼好的事……！

我把聖哉叫來，偷偷對他耳語。

「吶……吶，總覺得安全似乎沒什麼保障呢，我看還是算了啦……」

「根據伊希絲妲的說法，六芒星破邪只能對設好的目標用一次，所以萬一失敗了，必須要有能勉強對抗葛蘭多雷翁的方法。」

「我說，就算她真的教你，也不知道你能不能學會啊！」

「既然瓦爾丘雷用心照不宣的方式，間接向我推薦這傢伙，就代表她認為我應該學得會，有一試的價值。」

又是瓦爾丘雷大人嗎……？謹慎的聖哉……真的很信任她呢……

聖哉對傑特開門見山地說：

「那就把妳號稱能打倒雅黛涅拉的『狀態狂戰士．第三階段』教給我吧。」

一聽到雅黛涅拉大人的名字，傑特的鼻子就抽動一下。從剛才的對話中，可以確定雙方有過恩怨。

「先不說讓能力值變四倍的第三階段，就連變三倍的第二階段，也是人類學不來的。你就學第一階段的狀態狂戰士吧。」

傑特接著進入陰暗的隧道，朝聖哉招手。

聖哉追著傑特走進隧道，途中只對我回頭一次。

「莉絲妲，別對任何人提起我在這裡修練的事。」

……我獨自穿過夜晚的森林，走回神殿。

狀態狂戰士——有必要冒著危險學這一招嗎？光靠伊希絲姐大人教的六芒星破邪不是也能解決嗎？

不過這麼決定的不是別人，正是聖哉，而且修練已經開始，想這些似乎也無濟於事。

就在這時，突然間……

『在這裡……』

從黑暗的夜晚森林中，傳來呼喚我的聲音。

『這裡……在這裡啊……』

「咿——！」

我害怕地摀住耳朵，拔腿狂奔。

回到神殿後，我仔細回想，才想到那應該是被聖哉用繩子綁在樹上的蜜緹絲大人的聲音。

……看來明天得去幫她解開繩子。

第二天。

我準備了午餐盒，前往不歸井。

爬下繩梯後，我看到傑特在隧道前獨自匍匐前進。

「請……請問……聖哉人呢？」

「喔喔，龍宮院聖哉嗎？他現在正在『改造實驗房』……不，是在『集中精神之間』努力修練。」

「！妳剛才是不是講了什麼很糟糕的話！」

「本人完全沒講。」

我有些掛心，想往隧道裡走，傑特卻張開雙臂，不讓我過去。

「再過去會妨礙他修練。」

迫於無奈之下，我只好把午餐盒交給傑特，自行離去。

到了第三天。

做完聖哉的午餐後，我出發前往森林。經過咖啡店時，阿麗雅出聲叫住我。賽爾瑟烏斯和雅黛涅拉大人也在一旁。

「吶，莉絲妲，這次聖哉是跟哪個神一起修練？」

「咦！呃，這……這個嘛，是跟很……很厲害的神學很厲害的招式！」

雅黛涅拉大人聽了就目光炯炯地瞪我。

「為、為什麼說得那、那麼抽象？聖、聖哉現、現在人在哪裡？」

「這……這個嘛。他正在閉關！一個人關在包廂裡！」

賽爾瑟烏斯露出傻眼的表情。

「那是在幹嘛？又不是在上廁所。」

「嗯，感覺的確像在上廁所！總之我很忙！那就改天見嘍！」

我冷汗直流，逃也似的跑掉了。

──好……好險！以後儘量別從咖啡座前經過吧！

……結果這天在不歸井裡，還是不見聖哉人影，只有綁著頭帶的傑特在隧道前用竹槍練突刺。

「來吧，革命！黎明即將到──來！」

看到傑特這樣，我感到極度不安，不過隧道前放著我昨天拿來的午餐盒，裡面是空的。看到聖哉有在吃飯，我這才稍微放心。

又過了一天。

我依舊沒見到聖哉。在隧道前等了一段時間，還是沒有要出來的跡象，我只好無奈地選擇回去。

等出了井後，我才發現自己把午餐盒附帶的筷子帶了出來。

我連忙再下到井底……卻目睹令人難以置信的景象。

「嚼嚼，嚼嚼！這個配給品挺好吃的！」

傑特竟然用手抓聖哉的食物吃！

「等……等一下！妳在幹嘛！」

「哎呀！這還真是冒犯了！不過龍宮院聖哉正在修行！本人想說要是臭掉可不好，乾脆自己吃了！」

「！等……等一下！難道飯一直都是妳在吃嗎！聖哉這三天都沒有出隧道嗎！」

我頓時坐立難安，跑進隧道裡。

我朝陰暗的的隧道深處前進，看到盡頭有道玻璃門，貼著寫有「改造實驗房」字樣的牌子。

我一靠近那道門……

「咕喔喔喔喔喔！」

「呀啊！」

就有東西伴隨著猛獸的叫聲撞向門板！

在門的另一頭，有個獠牙外露，頭髮染成鮮紅色的魔物。不對……那不是魔物，從穿著和身材來看，那無疑就是……

「聖哉？」

「……喔喔，時候差不多了，培養出很棒的狂戰士了。」

背後傳來傑特的聲音。我回頭狠瞪傑特。

「這……這是怎麼回事！妳到底對聖哉做了什麼！」

「當然是照他的希望讓他狂戰士化。妳可以用透視能力看看龍宮院聖哉的能力值……」

龍宮院聖哉

職業：魔法戰士（土屬性）　狀態：狂戰士

Ｌｖ：99（ＭＡＸ）

ＨＰ：６４３９２０　ＭＰ：８８１５５

攻擊力：５８６８２４　**防禦力：**５７５２８８　**速度：**５３７７５０　**魔力：**５８７５１　**成長度：**９９９（ＭＡＸ）……

「妳看，能力值的確有加倍吧？」

「我是問聖哉怎麼會這樣！他還有意識嗎！」

「不管是意識還是理性，當然都沒有了！現在的龍宮院聖哉是只服從本人的人偶。」

「妳……妳說什麼！」

傑特把手上的鑰匙插入玻璃門，咧嘴一笑。

「妳真是愚蠢的女神。妳難道沒想過，明明就能輕易地把能力值變兩倍，為什麼伊希絲妲不教他這個方法？那是因為沒人熬得過狂戰士化的精神汙染。即使能勉強熬過，心靈也會完全瓦解。但即使那樣也不會死，所以本人並沒有說謊。」

我聽完啞口無言。接著門開了。

「咕嚕嚕嚕……！」

狂戰士化的聖哉自門後緩緩現身！從他體內散發的靈氣，透出有別於邪惡的——「狂暴」！

「現在龍宮院先生成了只對戰鬥有興趣的戰鬥機器！來吧，用你的力量打破伊希絲妲的結界，把本人從井裡放出來！從這一刻起，第二次神界統一戰爭（Almag Z Second）即將開————戰！」

天……天……天啊！戰神傑特……原來是被關在井裡的！拜託這種人真是大錯特錯！

我滿心怨嘆！傑特發出狂笑！

至於狂戰士……

「咕嚕嚕嚕嚕……」

則是一味低吼，一動也不動。

「奇……奇怪！快去破壞結界啊！來，動作快！」

「咕嚕嚕嚕嚕……我拒絕。」

沉默片刻後，傑特大叫。

「！竟然邊低吼邊拒絕！難道他還殘留著理性嗎！」

「咕嚕嚕嚕嚕……狂戰士化解除……」

聖哉又邊低吼邊說話。不久後，他的髮色恢復原狀，獠牙消失，身上也不再散發狂暴的靈氣。

我也愣住了。傑特用顫抖的手指指向聖哉。

「太……太奇怪了！你明明變成『只對戰鬥有興趣的狂戰士』啊！」

聽到傑特的話，我搔搔臉頰。

「這個嘛……聖哉本來就是這種人啊……」

從我們相遇後，他就一直修練、修練、修練、修練。我想起他明明只是人類，卻曾被賽爾瑟烏斯稱為「超級狂戰士」。

「原……原本就只對戰鬥有興趣？怎……怎麼可能有這種人類！異性、遊戲、食物、睡眠——人類明明有很多樂趣啊！難道都沒有其他能讓你開心的事物嗎？」

「……妳到底在說什麼？」

「咦咦咦咦咦咦咦……」

傑特啞口無言，陷入失神狀態。聖哉無視她的反應，改看向我。

「我們走吧，莉絲妲。我已經不需要這裡了。」

「好……好的！」

當我們走出隧道，要爬上井邊的繩梯時，傑特追了過來。

「妳來幹嘛！還有什麼企圖嗎！」

「不……不是的！本人只是來向這位跟本人一樣，唯有戰鬥方為人生意義的龍宮院同志提出忠告！」

傑特接著一臉嚴肅地說：

「龍宮院同志，請你要切記，狂戰士狀態時無法使用魔法和特技，而且也不能擅自提昇階段，尤其第三階段一定會讓你的腦子壞掉。能做到這一步的只有身為戰神的本人。」

聖哉用鼻子「哼」了一聲，傑特見狀表情大變。

「你是想『我就辦得到』嗎？的確，如果是你，要達到第二階段（Phase Second）也不無可能。但是，不過，人類還是有『無法跨越的高牆』！人類要是到達第三階段，精神必定會瓦解！狂戰士的傷痕會刻在靈魂上，即使回到原來的世界，也會留下後遺症！本人是把你當成同志，才會這麼提醒你的！」

「……我會記得的。」

「絕對、絕對不能犯禁喔。」

傑特說完就揚起兩邊的嘴角。

「那麼，龍宮院同志！你就用狀態狂戰士，把那叫什麼的世界消滅殆盡吧！」

「嗯，這還用說，我會徹底擊潰的。」

「呃……不能擊潰吧……我們還得拯救世界呢……」

即使爬出井底，走進森林，傑特莫名其妙的話語仍從背後傳來。

「啊啊！真期待有一天能和你重逢！到時我們一定要在『扭曲的時空』互相稱揚對方的

輝煌戰果！在那一天到來前，還請你好好保重自己……」

在神殿的餐廳裡，我對啃著第三個麵包的聖哉露出微笑。

「早知如此，當初在蓋亞布蘭德時就該去見傑特，這樣攻略起來或許會比較輕鬆呢！」

「不，那個隧道充滿瘴癘之氣，我有好幾次差點失去意識。那是因為我帶有破壞的靈氣，還經歷過兩次天獄門的代價，才能熬過精神汙染。瓦爾丘雷知道這一點，才會選這個時間點暗示我去找戰神傑特。」

「是……是這樣啊，果然沒那麼簡單呢……」

聖哉把杯中的水一飲而盡，看來肚子似乎填飽了。

「我想再修練一下。我要把狀態狂戰士完全練熟。」

聖哉說完就到咖啡座，像拎著貓脖子一般，把原本坐著喝咖啡的雅黛涅拉大人拖走。

「雅黛涅拉，來修練了。」

「好、好啊，來、來吧！修練了！」

看到他們走向召喚之間，我本來也要追上去，阿麗雅卻拍拍我的肩膀。

「莉絲妲，伊希絲妲大人找妳。」

「咦咦？」

難……難道聖哉學會傑特的招式這件事穿幫了？應……應該不要緊吧？反正森林深處是

伊希絲妲大人的力量也管不到的地方……

「……他去向傑特求教了吧。」

大女神劈頭就這麼說，害我心臟差點停止。

「不管六芒星破邪是否會成功，都想得到能對抗葛蘭多雷翁的力量——他還是一樣這麼謹慎呢。」

看來伊希絲妲大人並沒有生氣。

「不過莉絲妲黛，妳要記住，聖哉就算使用傑特的禁招，應該還是比不上葛蘭多雷翁。我再說一次，請你們絕對要避免跟葛蘭多雷翁直接交手。」

「是……是的！」

「但如果想除掉因六芒星破邪而弱化的葛蘭多雷翁，用傑特的招式的確能提高勝算。」

伊希絲妲大人微微一笑後，又稍微板起臉孔。

「上一次，咒縛之球的力量曾讓你們無法回神界。這次也一樣，只要你們待在葛蘭多雷翁的大本營塔瑪因，就無法回到這裡。雖然能用門在塔瑪因內移動，但用了可能會讓敵人察覺到妳的存在，所以還是少用為妙。」

「我知道了！」

「最後我要提醒妳，塔瑪因是妳還是人類時的故鄉，對妳來說應該也是痛苦的回憶。但即使如此，我還是期許妳的表現能符合女神的規範……」

我向伊希絲妲大人一鞠躬後走出房間。

——痛苦的回憶嗎？阿麗雅也一直擔心這一點。不過我實際上已經沒有緹雅娜公主時代的記憶，應該不需要那麼擔心吧……

走到召喚之間時，發現門是開的。聖哉站在門外，滿身是汗。

「咦？聖哉，已經練完了嗎？」

「嗯，我試著跟拿出真本事的雅黛涅拉打了一場，有抓到感覺。這樣就夠了。」

「咦！你讓雅黛涅拉大人看到狀態狂戰士了？那幹嘛要我封口啊！」

「我只是不希望有人來妨礙修練。既然學會了，就算曝光也沒差。」

這時雅黛涅拉大人從門內探出頭。

「喂、喂！莉絲妲，來、來一下。」

等雅黛涅拉大人把門關緊，房內只剩我們兩人後，她用白眼瞪我。

「妳、妳讓聖、聖哉學、學了傑、傑特的狂戰士化吧？」

「非……非……非常抱歉！」

我趕緊鞠躬賠罪，雅黛涅拉大人卻只是重重地嘆了口氣。

「呃……那結果如何？聖哉有變強嗎？」

「有啊，變、變得非常強。像他那種人類，大概是空、空前絕後吧。」

「！這意思是他甚至能凌駕『雙極．連擊劍』了嗎！嗚哇！聖哉果然厲害！」

我充滿讚嘆地大叫，雅黛涅拉大人卻面露沮喪。

「不，聖、聖哉光要擋、擋下神、神劍．滑翔隼保護自己，就已經耗、耗盡全力了。」

「咦……」

「莉、莉絲妲，聖哉很強，但他終究是人、人類。如果那個叫葛、葛蘭多雷翁的傢伙的能力值，是接近拿出全、全力的我……即使狂戰士化再、再提昇一級……」

雅黛涅拉大人對我說出殘酷的結論。

「聖、聖哉應該還是贏、贏不了吧。」

我把雅黛涅拉大人留在原地，走到門外。聖哉問我：

「話說完了？」

「說……說完了。」

「那就出發吧。」

「聖哉，你準備好了嗎？」

在一陣沉默後，聖哉一如往常，以自信滿滿的語氣說：

「一切準備就緒。」

……聽過雅黛涅拉大人的話後，以前原本如此可靠的台詞，竟顯得這麼不牢靠。

聖哉知道雅黛涅拉大人有對他手下留情嗎？不……既然是聖哉，八成心知肚明吧。所謂「一切準備就緒」，應該只是代表「一定會成功發動六芒星破邪」吧。

——不過……萬一六芒星破邪失敗，到時會怎樣……？唔！我到底在想什麼！這鐵定會成功的不是嗎！

趁負面想法還沒更擴散，我趕緊叫出通往伊克斯佛利亞的門。

第十八章　舊塔瑪因王國

在通過往伊克斯佛利亞的門之前，聖哉先簡單說明到門對面後要怎麼做。

「我們首先要在塔瑪因王國內進行偵查。移動式洞窟雖然安全，在地下能蒐集的情報終究有限，所以即使有些許危險，我們還是得變成獸人到處逛逛。」

獸人以犬型占的比例較高，為了不引起注意，由聖哉變成犬獸人，而我則照例被變成魚人。聖哉的外貌類似杜賓犬，酷酷的很有型，而我相較之下只是個全身鮮紅如金魚的魚人。

算了，至少比以前的鮪魚頭好一點……大概吧。

「順便告訴妳，那個躺在賈爾巴諾鎮上的布諾蓋歐斯土偶，我把它設定成每當有獸人對它說話，它都只會回『宰了你喔』。這樣應該能撐上一陣子。不過我還是希望在穿幫前打倒葛蘭多雷翁。在三到四天內完成是最理想的。」

聖哉說到這裡，把土蛇放進門內，等確定目的地安全無虞後，才終於穿過門。

我們來到塔瑪因王國外圍的荒地，朝遠方的城堡邁進。

隨著距離越近，越能看清全貌。一道防壁將包含巨大城堡的整個城鎮環繞一圈，但牆上處處出現崩塌，已起不了防禦作用。

一踏進城鎮，立刻有種討厭的感覺侵襲我。這恐怕就是邪神之力。從這一刻起，只要我們還待在塔瑪因境內，就無法返回神界。

化成犬獸人的聖哉對我使眼色，示意我「接下來絕不能講人話」。我默默點頭。

我和聖哉走過毀壞殆盡的骯髒街道。四周景色猶如廢墟，卻有獸人生活其中。也有獸人像賈爾巴諾鎮的獸人一樣，利用人類蓋的建築物做生意。

我突然聞到一股令人作嘔的臭味，便看向味道的源頭。

——嗚……！

我忍不住出聲。因為有無頭的人類焦屍被繫上鐵鍊，吊在屋簷下。

「要不要來點好吃的人類呀～～」

蜥蜴獸人用團扇啪噠啪達地搧著屍體。在他身旁還排列著曬乾的人類手臂、腳、內臟等等。

這簡直是地獄的景象。相較之下，充滿奴隸的賈爾巴諾鎮還比較正常。人類在塔瑪因完全被當成食糧對待。

我不禁別開視線，聖哉卻走近那間店。

「怎麼賣？」

！騙人的吧！真要買那種東西嗎！

我不免大吃一驚。但聖哉其實無意購買，只是想蒐集情報。他一邊詢價，一邊很自然地問出在塔瑪因王國內，是直接用以前人類的貨幣交易。後來他們又繼續交談。

「哦，那你們是從賈爾巴諾來的嘍？」

「是啊，我聽說這裡可以盡情吃人類，但價錢比我想得還高。」

「人肉很貴，如果不進獸皇隊，是不可能想吃就吃的。」

「獸皇隊是什麼？」

「那是獸皇大人的直屬部隊，只有被選上的強悍獸人才能加入。一旦入了隊，不但保證能過富裕的生活，還能進入王宮。傳說只要拜過王宮內的邪神殿，還能得到邪神更大的加護呢。」

「哦，那要怎樣才能加入那個獸皇隊？」

「每天在廣場都有舉辦入隊測驗。只要在那裡打倒對手，展現強悍的一面就行。」

我本來以為聖哉會馬上去廣場看看，沒想到聖哉卻走向同一排的店。

走進店內時，熊老闆正在擺放頭蓋骨等驚悚商品。看來這是獸人經營的道具店。店主看到犬獸人模樣的聖哉，立刻揚起嘴角。

「喔，客人，要不要買這個？這是本店推薦的『邪神的護符』。只要拿著就能稍微得到邪神的加護喔。」

聖哉充滿好奇地盯著刻有奇妙文字的黑色石板看。過了一會兒後，他拿出裝錢的小袋子。

「我買一點好了。」

「好的好的！多謝惠顧！請問要買幾個？」

我吞了口口水。

聖……聖哉！你應該知道吧！這裡是敵營！要是像以前一樣大買特買，對方一定會起疑的！

聖哉似乎有感覺到我的視線，點了點頭。

太好了！看來他知道我在擔心什麼！

「老闆，抱歉買得不多……給我三十個就好。」

！不，這就夠多了！或許聖哉已經努力在減少，但還是很多！……不……不過，不知道會怎樣？畢竟獸人的概念跟人類不同！說不定意外地沒問題！

然而，熊獸人的臉部還是出現抽搐。

「這一點都不少啊！有夠多的！而且說『三十個就好』也很怪吧！」

不行啊啊啊啊啊！果然對獸人來說也很多啊啊啊啊啊！

老闆的叫嚷傳到店外，連路上行走的獸人也停下腳步，偷看店內的我們。

天啊，真是的！太引人注目啦！

「那就算了。給我五個吧。」

雖然四周有些騷動，聖哉還是買了五個「邪神的護符」。接著他又走向旁邊的武器店。

一進到店裡，這次換青蛙頭獸人推銷有著紅黑色劍身，感覺很陰森的劍。

「嗨，客人，這是能吸取人類生命力的劍呱。要把人類變成乾巴巴的人乾很方便呱。」

那……那是什麼怪劍啊！完全不知道要用在哪裡！這種東西應該不必買吧……

不過聖哉依舊拿出小袋子。

「我要買。」

呃，還要買喔！為什麼想要那種東西啊！

「老闆，不好意思，我買的真的很少……給我五把就好。」

「呱呱——！這哪裡少了呱！再說同樣的劍為什麼需要五把啊呱！」

窸窸窣窣窸窸窣窣……不管是店內還是店外，附近的所有獸人又開始對聖哉和我行注目禮……

我拉起聖哉的手，帶他到沒有人的地方，一語不發地指著地面。聖哉察覺到我的意圖後，為了保險起見，他先放出土蛇確定四周沒有獸人，再用移動式洞窟潛入地下。

在魔光石的昏暗光線中，我將累積已久的憤怨統統倒向聖哉。

「那些獸人都起疑了啦！說不定他們已經把我們的臉記住了！」

「不用擔心，沒問題。」

聖哉發動變化之術，把外表從杜賓犬變成類似哈士奇的犬獸人，而我也從鮮紅的金魚變成顏色較黯淡的金魚。

「就……就算能用變化之術改變外表……重點是那種東西有必要買嗎！」

我一邊看著散發邪氣的護符，以及光放在一旁就令人不快的劍，一邊對聖哉大吼。

「只要是城鎮裡有賣的道具和武器，我都想盡量弄到手。或許哪一天能派上用場也說不定。」

「那是在一般冒險時才需要買吧！這裡可是獸人的城鎮！那種詭異的道具和武器哪派得上用場！啊，還有以後在地下時不要對我用變化之術！我討厭這副模樣！」

「又不會被別人看到。女人真是麻煩。」

聖哉嘀嘀咕咕地解除變化之術。我隨著炫目光芒恢復女神的外表。

我從洋裝的胸前拿出手鏡，照自己的臉。

呵呵！沒錯……我跟魚比起來還真美呢！……呃，不對，跟魚比較也太委屈自己了吧！

「對了聖哉，你有擬好接下來的計畫吧？」

「那是當然了。為了打倒葛蘭多雷翁，我要進行六芒星破邪祕儀。至於流程我也沙盤推演過了。」

聖哉一臉認真地用平靜的語氣開始說明。

「首先要通過入隊測驗，加入獸皇隊，藉此侵入王宮，在發出邪神之力的邪神殿四周設置伊希絲妲給的六個結界石，再從接收邪神之力的葛蘭多雷翁身上拿走他身體的一部分。體毛應該是最好拿的。等準備結束後，我要在葛蘭多雷翁的半徑五百公尺內跳三小時『破邪的劍舞』。這步驟有個限制，就是跳劍舞時不能被其他人看到。等劍舞跳完，六芒星破邪祕儀就正式完成，能讓葛蘭多雷翁變弱。」

聖哉說得很輕鬆，但要做的事很多，感覺很棘手。尤其是最後的……

「呃，是『破邪的劍舞』對吧？那不是很麻煩嗎？要長時間待在葛蘭多雷翁附近，還不能被任何人看到……」

「伊希絲妲也說這是最難的關卡。一旦被看到，祕儀就會失敗，也不能對葛蘭多雷翁用第二次。不過我有移動式洞窟，能潛入王宮地下偷偷進行劍舞，應該沒問題。」

「啊，這樣啊！原來如此！」

「……有問題的是妳。」

聖哉用冷淡的眼神看我。

「本來想讓妳一直安分地睡在某處就好……但阿麗雅和伊希絲妲總是不厭其煩地再三叮嚀，提醒我攻略伊克斯佛利亞同時也是對妳的懲罰，所以就算有千百個不願意，還是得帶妳來才行。」

「讓你千百個不願意還真是抱歉喔！」

我一叫，聖哉就突然對我伸出一隻手。

「哇哇！」

我以為會被打，擺出防禦的姿勢，聖哉卻什麼也沒做。這時有某種東西從洞窟的土牆跑出來，以迅雷不及掩耳之速爬過地面，沿著我的腿鑽進洋裝！

「不要啊啊啊啊啊啊啊！」

不明物體在我身上爬來爬去，恐怖到讓我不禁放聲尖叫！

「你……你……你到底做了什麼！」

「我讓幾隻強力的土蛇躲在妳身上。我們現在要去入隊測驗，妳只要乖乖站著就好，那些土蛇會自動幫妳打倒對手。」

「是……是喔……這……這樣啊……」

我從洋裝的領口往內窺探，發現有好幾條土蛇纏繞我的胸部和腹部，感覺毛毛的，所以索性不看了。

「入隊測驗後，我跟妳可能會各自行動。到時土蛇會保護妳。」

哦……什麼嘛，還是挺為我著想的不是嗎？聖哉果然——

「順便告訴妳，土蛇也附帶監視功能。如果妳用魚人的樣子說人話，蛇就會咬妳的喉頭。」

「！這功能太過分了吧！就算不那麼做，我也不會說的！」

聖哉不理會忿忿不平的我，若無其事地說：

「妳怎麼想都只是其次。六芒星破邪是唯一能安全和確實地打倒葛蘭多雷翁的方法。一切都要以此為優先。」

「哼！很好！不要到時你先撐不下去啊！」

「……也不想想妳這是在對誰說。」

聖哉在胸前交叉雙手，態度充滿自信。雖然我嘴上不饒人，心裡卻很安心。

——看來他還是一樣準備周到。不過這也難怪，像潛入敵營祕密行動這種事，只要由這勇者來做一定天下第一。我到底在擔心個什麼勁啊……

我在神界感受到的不安，曾幾何時已煙消雲散。

第十九章　入隊測驗

我們再次變化成犬和魚獸人，從沒有人的地方浮上地面，朝廣場前進。

一走近廣場，人山人海的獸人映入眼簾。每個獸人都一臉亢奮地高舉拳頭，大吼大叫。

我們穿過獸人群，往中心前進，這才逐漸看清全貌。原來他們是圍著一個在土地上打入四根木樁，再綁上繩子圈出來的空間。看來測驗是在這裡舉行。四周的獸人中有很多是來看熱鬧的。入隊測驗簡直跟擂台上的格鬥賽沒兩樣。

在其中一根木樁旁，有個烏鴉頭的獸人大喊：

「嘎嘎嘎！來啊來啊，今天有誰要來挑戰？」

聖哉朝烏鴉獸人舉手。

「我跟這隻魚要參加。」

「好，知道了！那就趕快開始入隊測驗吧！」

這時對面有個身材高大的虎獸人現身，慢條斯理地走向位在我跟聖哉的對角線上的木樁。難道他就是對戰的對手嗎？

但情況卻有點奇怪。那個虎獸人拉著鎖鍊，鎖鍊另一頭繫著某個蓋著麻袋的生物。對方的臉被麻袋蓋住看不見，腳上還掛著鐵球。

虎獸人將那個像罪犯的生物推進擂台，拿掉麻袋。

——咦咦，怎麼這樣！

我震驚不已。那竟然是「人類」，年紀大概在三十五到四十五之間。雖然身材高大壯碩，模樣像精悍的戰士，但他眼眶凹陷，膚色蠟黃，滿頭捲髮任其亂長毫無整理。在他的襤褸衣物下，隱約可見滿是補丁的手腳。而從他身上飄出的是……

——屍臭？

「……是不死者嗎？」

我身旁的聖哉喃喃自語，烏鴉獸人則發出「嘎嘎嘎」的笑聲。

「他在變成這樣前，好像是塔瑪因赫赫有名的將軍。不過現在已經變成『不會死的玩物』了。」

——太……太過分了！居然把塔瑪因的將軍變成不死者……！

「人類不是食物，就是玩物。」

烏鴉又愉快地笑了，還推聖哉的背。

「去吧，快打倒那傢伙！這樣就能通過測驗，進入獸皇隊！」

周圍的獸人一聽到烏鴉的話，情緒同時沸騰起來。每個獸人都迫不及待地想看到變成犬獸人的聖哉上擂台。

不過聖哉卻搖搖頭。

「別誤會了。我有說『要參加』，但沒說『現在馬上受測』。我要先觀摩一下。」

「是……是嗎？那一開始要從那個魚人先上嗎？」

「不，那傢伙也要先觀摩。我們等下再打。」

……觀眾發出稀稀落落的噓聲，但聖哉絲毫不以為意，只是在木樁附近一屁股坐下，一副準備看好戲的態度。我也畏畏縮縮地坐到他身旁。

這時有新的挑戰者來申請受試。那個貌似溝鼠的灰褐色獸人跟聖哉不同，毫不遲疑地穿過繩子，氣勢十足地進入擂台。

我試著透視溝鼠獸人的能力值，沒想到攻擊力和防禦力都超過五萬。在賈爾巴諾鎮上看到的獸人大多三萬左右，相較之下這獸人的能力值算高了。

「那麼，入隊測驗開始！」

烏鴉獸人一喊出這句話……

「嘰嘰嘰嘰！」

溝鼠獸人便同時露出獠牙，一臉從容地攻向不死者，咬住對方喉嚨。不死者的脖子被咬斷超過一半，噴出混濁的黑血。

正以為要分出勝負時……

「……逮到你了。」

即使身受會讓生物必死無疑的致命傷，不死者卻低聲這麼說。而他的右手不知何時已將溝鼠獸人的臉整個抓住。

剎那間，突然「啪喳」一聲——響起彷彿將果實連果皮一起捏爛的聲音。只見溝鼠獸人臉部遭到破壞，當場倒地不起。

——好……好強！那個不死者……強得要命啊！

曾是前將軍的不死者仰望天空，喃喃開口：

「為了塔瑪因王國……也為了那位陛下……我要盡可能多殺一點獸人……！」

雖然是死人，那雙眼眸仍充滿決心。我對佇立在擂台上的不死者發動透視能力。

將軍姜德　狀態：不死者

LV：59

HP：172234　MP：0

攻擊力：119874　防禦力：98111　速度：282　魔力：0　成長度：698

耐受性：毒、闇

特殊技能：腐敗體再生（LV：3）

特技：死絞殺（Death Squeeze）

……這……這是什麼能力值啊！難怪贏不了！

烏鴉似乎看穿我的恐懼，在一旁說：

「雖說是玩物，但也別小看他。獸皇隊是精銳中的精銳，測驗當然不可能簡單。沒通過測試——就是死路一條。」

我看向擂台，發現不死者被鼠獸人咬傷的頸部已修復完畢。那是能力高的不死者被賦予的特殊技能「腐敗體再生」。即使在戰鬥中無法及時修復，只要像這樣花點時間，肉體還是可以慢慢復原。

烏鴉湊近聖哉的臉看。

「怎樣？害怕了嗎？」

「不，我要受測的決定沒有改變。」

「嘎嘎嘎！真有毅力！好啦，上去吧！」

「……喂，你在幹嘛？你要打吧？」

烏鴉把繩子拉起來，好方便聖哉鑽過去，聖哉卻一動也不動。

「不，我要再觀摩一下。」

「又……又要觀摩嗎！聽剛才的對話，還以為你這次應該會上呢……！」

「那是你擅自會錯意吧。我還不打算上去。」

我……我也以為他要上了……！不……不過這樣也好！這時再多觀摩一下才是上策！

聖哉跟我又繼續觀摩。第二個挑戰者是蛇獸人，脖子能自由伸縮。雖然他用脖子纏住不死者將軍，企圖勒死他，最後仍舊跟鼠獸人一樣被抓住頭部，捏個稀爛。

烏鴉獸人說：

「不死者的動作本來就遲鈍，這傢伙又被腳上的鐵球所限，速度幾乎是零。但即使如此，一旦被他抓住，還是會像那樣被捏爛。如何針對這一點進行攻略，就是這場測驗的關鍵。」

「嗯，的確是。」

烏鴉獸人接著拉起繩子，想讓聖哉上擂台，聖哉卻又搖頭。

「我要再觀摩一下。」

「！你到底要觀望多久啊！你真的有意願要打嗎！」

烏鴉忍不住扯嗓大喊，聖哉卻照樣不動如山。

就……就算對方再怎麼強，憑聖哉的能力值要贏應該沒問題才對……！這個勇者還是一樣沒變……！

……等第三個羊頭獸人被將軍扯斷頭後，聖哉才有了動作。

「好，差不多該上了。」

「真……真的嗎？你終於要打了嗎？我都差點以為你只是在耍我呢……」

扮成犬獸人的聖哉終於準備就緒，踏入不死者將軍待命的擂台。

「很好！那麼測驗開始！」

烏鴉獸人一喊，聖哉立刻拉近距離，高舉右手，用爪子攻擊不死者。當爪子劃過的瞬間，不死者的胸口馬上皮開肉綻。這傷害其實是由變化過的白金之劍造成的。

對上動作遲緩的不死者，就算再攻擊個兩三次也成，但聖哉只給了一擊就迅速拉開距離。本來想抓他的不死者被擺了一道，身體失去平衡。

在這之後，聖哉也是靠近對方打個一下又馬上離開……不斷重複相同的模式。眼見身上的割傷逐漸增加，消耗越來越大，不死者似乎急了。

「你……你這隻狗畜生……！」

將軍語帶不甘地說。聖哉用鼻子哼了一聲。

「對付你這種敵人，用攻擊後馬上拉開距離的『打帶跑』戰術最有效。」

「唔！竟敢瞧不起我……！」

將軍努力想抓住聖哉，但這就像嬰兒對上大人，根本不成對手。

「沒用的，你的動作我完全看透了。」

聖哉自信滿滿地這麼低語，但我倒不怎麼驚訝。

——那也是當然的。畢竟觀摩了那麼久嘛……

不久後，被削減大量體力的不死者終於膝蓋著地。確定他無法再戰後，聖哉緩緩靠近他。

「你剛才說『為了塔瑪因王國』，對吧？像你這樣的不死者，就算打倒幾個獸人，也終究改變不了現狀。」

接著聖哉竟然……

「呸！」

對將軍吐口水！

「可……可惡啊啊啊啊啊啊啊啊！」

將軍雖然暴跳如雷，身體卻完全不聽使喚。即使有再生技能，要恢復也得花一段時間。

聖哉踢了將軍一腳，用冰冷的眼神俯瞰他，撂下狠話。

「你這個死不成的。」

在每個獸人眼中，誰是贏家一目瞭然。歡呼聲如雷響起！將軍怒視聖哉的眼神，就像面對弒親仇人一樣！而我的內心……則暗自顫抖！

完……完全不留情啊啊啊啊啊啊啊啊！雖然要扮成逼真的獸人，就得這麼殘忍才行……不過還是好狠啊！

看到聖哉戰鬥的樣子，烏鴉獸人激動地拍拍他的肩膀。

「你好厲害啊！不但取得壓倒性的勝利，表現也夠凶惡！很好！我要推薦你當葛蘭多雷翁大人的貼身侍衛！」

喔喔！只要能接近葛蘭多雷翁，想拿到六芒星破邪要用的體毛就更容易了！簡直跟聖哉預想的一模一樣！

我心中正雀躍無比，烏鴉獸人卻接著看向我。

「那接下來就輪到這個魚人了！」

「嗚……嗚喔……」

我跟聖哉立場互調，換我站上擂台。在前方數公尺處的將軍身上冒著煙，被聖哉割出的傷口正在自動復原。

「獸人……！可惡的獸人啊啊啊啊啊啊啊啊啊！」

！都怪聖哉啦，他現在超火大的！

我不禁感到畏怯，但是……

「嘎嘎嘎！那就開始測驗吧！」

將軍已再生完畢！入隊測驗即將開始！

「你這隻臭魚……！」

不死者將軍用凶神惡煞般的表情瞪著我！

沒……沒問題吧？聖哉的土蛇會幫我解決吧？我只要站著就好了吧？

復原後的將軍帶著憤怒的表情，朝我衝過來！

「我要把你剁成魚漿──────!」

咿────────!他都那麼說了耶!雖然聖哉叫我站著就好,可是再這樣站下去會被幹掉的啊啊啊啊啊!

眼看將軍快要接近我時……

噗通!

我腳下傳出聲音。

──咦?

仔細一看,有條大魚在我腳邊不停彈跳。

!這、這該不會是聖哉纏在我身上的土蛇吧!因為變化之術變成了魚嗎!

……噗通噗通,噗通噗通。

又有更多魚從我的雙腿間落下!旁觀的群眾全大叫起來!

「那……那傢伙在幹嘛!竟然從胯下生出小孩了!」

「魚不是生蛋嗎!」

「更重要的是,為什麼要在入隊測驗時生小孩啊!」

「那魚人真噁心!」

!呃,這是怎麼回事!有夠丟臉的啊啊啊啊啊啊啊!

不過那幾隻從胯下掉落的魚無視我的心情,從地面迅速爬向不死者,咬住將軍的腿開始

啃食！

「嗚哇啊啊啊啊啊！」

將軍是不死者，或許不會痛，但他的腿還是像被扔進食人魚池的肉塊般，轉眼間被削掉大半。將軍忍不住大叫。

「可惡……可惡啊啊啊啊啊！你這隻臭魚————！」

不久後，將軍的腿被完全咬爛，只能趴倒在地。

「他無法再戰！無法再戰了！」

「那個魚人好強啊！完全不必弄髒自己的手呢！」

「是啊，竟然只靠生下的魚就打贏了！」

觀眾接著對我投以期待的眼神。

——呃……這個……

我看向聖哉，他只是不發一語地輕輕點頭。

於是我就……

「嗚喔————！」

我舉起雙手，發出勝利的呼喊。四周也彷彿應和我的聲音，被如雷的歡呼和掌聲所包圍。

……老實說，心情是有那麼一點爽快。

第二十章　愚者之塔

聖哉隨烏鴉獸人一起前往王宮，我則以小跳步跟在他後面。

等接近王宮後，才發現塔瑪因王宮一片荒涼，受魔王軍攻擊的痕跡也原封不動保留著。我們經過身穿盔甲的獸人守衛，在未經整理的王宮庭院中前進。

——以前我還是人類時，就是在這裡生活吧……？

我環顧長滿雜草的庭院，卻理所當然地什麼也想不起來。就算面對這巨大的王宮，心中也沒有產生任何感慨。

看伊希絲妲大人和阿麗雅擔心成那樣，還以為靈魂一定會產生反應，一直煩惱如果很難過很想哭該怎麼辦。雖然感覺被擺了一道，卻也同時感到安心。萬一恢復記憶徒增傷感，會對這次的行動造成阻礙。這樣一來，我可能又會拖累聖哉了。

我正在想這件事時，看到聖哉和烏鴉獸人一起走進王宮，就連忙想追上去……

「喂，你留在這裡。」

但有個瘦竹竿似的馬獸人不知何時出現在背後，拉住我的手臂。

——咦咦！我不是也要進王宮嗎？

「嗚喔！嗚喔嗚喔嗚喔！」

因為魚人不能說話，我只好用手指交互指了指王宮和自己，試圖用手勢解釋。馬獸人似乎明白我的意思，嘶嘶低鳴兩聲後說：

「你的確有通過入隊測驗。」

「嗚喔！」

我點頭表示「您所言甚是！」

「你是獸皇隊的一員。」

「嗚喔！」

「你很強。」

「嗚喔！」

「可是你……有魚腥味。」

「嗚喔？」

「葛蘭多雷翁大人討厭有魚腥味的魚人，所以抱歉，你沒辦法進去王宮。」

不，等一下，這是什麼意思啊啊啊啊啊！

「不過你終究是通過測驗的強者，因此我要給你一個重要的任務。」

馬獸人接著指向一座高聳的塔，其位置跟王宮有段距離。

「那是『愚者之塔』。我們等下要一起上塔頂。」

走進塔內後抬起頭，看到螺旋梯一路往上延伸。外觀沒有騙人，這的確是座非常高的塔。根據我的推測，這本來應該是用來防止外敵入侵，守護塔瑪因王宮的瞭望塔。

「你就住這裡吧。」

馬獸人帶我來到一樓邊角的小房間。開門一看，空間挺大的，一個人住綽綽有餘，也有桌椅和簡單的床鋪。

之後馬獸人開始爬漫長的螺旋梯，我也默默跟在爬梯的獸人身後。不愧是獸人，體力很夠。我走到腳都快麻了，才終於爬到盡頭。

塔頂只是一片有欄杆的平台，但平台中央有個裝著木門的四方形建築物。那應該是守衛輪班休息的地方。馬獸人從懷裡掏出鑰匙，邊插入門把上的鑰匙孔邊問我：

「你知道為什麼這裡叫愚者之塔嗎？」

「嗚喔？」

「因為這裡有個愚者。是沒有痛覺的愚者。」

打開門後，我看到一位年邁婦女身體蜷縮，坐在陰暗狹窄的房裡。她手上戴著手銬，腳上繫著鐵球。雖然衣衫襤褸，打扮有如罪犯，憔悴的面容中卻透出一絲威嚴。

「這是舊塔瑪因王國的王后卡蜜拉。」

王后！竟……竟然還活著！我還以為王族全被殺光了！

……卡蜜拉王后的實際年齡可能更年輕，不過她臉頰消瘦，皺紋滿布，還長了許多白髮，看起來像六十幾歲的老婦人。

「王宮裡的所有人類中，葛蘭多雷翁大人只讓這個女的活下來。有夠麻煩的。如果她能跳塔自殺，我就輕鬆了。」

王后聽到馬獸人喃喃抱怨，不客氣地說：

「我才不會自殺。我好歹是神職人員。」

王后雖然面容憔悴，言談仍充滿氣勢。馬獸人不予理會，並讓我看附近的檯子。檯子上擺著針、烙鐵等令人害怕的道具。

「我都拷問過一輪了，但不管我怎麼做，這傢伙都不喊痛。」

馬獸人接著把手放上我的肩膀。

「聽好了，你的工作就是要好好修理這個女人。如果這女人露出痛苦的樣子，要趕快叫我。相信葛蘭多雷翁大人一定會很高興。」

那……那意思是我得負責拷問嗎！還真是討厭的工作……！

馬獸人對我內心的掙扎渾然不知，還一臉開心地說：

「總之你多嘗試看看，不過絕不能殺她，一天給她吃一餐。」

馬獸人做完簡單的說明後，轉身開門離去。

現在這狹窄的空間裡，只剩下我這個魚人，以及塔瑪因王國的前王后。

——這……這個人就是我當人類時的母親嗎……？

我目不轉睛地盯著她看，卻什麼也想不起來。靈魂的記憶有別於頭腦的記憶，不是努力想就能想出來的。

「……看什麼看啊，你這隻魚。」

我這才驚覺王后正皺眉瞪我。雖然腳上繫著鐵球，她還是一步步吃力地靠近我。

「你是有什麼話想說嗎？」

「嗚……嗚喔嗚喔！」

我拚命搖頭。王后的眉頭皺得更深。

「啊，魚腥味好重、好臭。啊，這是新的拷問方式吧。」

！不，我沒這個意思啊！

「什麼話都不會說，只會嗚喔嗚喔地叫，這獸人真令人不快。」

王后捏著鼻子瞪我。

「喂，別一直呆站，快拿飯來，我肚子餓了。」

「嗚喔？」

飯？飯放在哪裡？我想想喔……

王后氣沖沖地大吼：

「飯就放在你一樓的房間！趕快供膳！再不快點就把你吃掉！」

「嗚喔嗚喔！」

我逃也似的衝出王后的房間。

——好……好強悍……！明明遭受拷問，還能保持那種態度……！感覺跟想像中的母親完全不一樣……！

我回到分配給自己的一樓房間，看到桌上放著一個麵包。

一整天只吃這麼一點嗎？難怪肚子會餓。話說我肚子也有點餓了……

這時我突然發現麵包旁放著籃子，上面蓋著擋灰塵的布。

啊！這一定是給我吃的吧！

但拿掉布後，我一時無法言語。

……裡面放的是燒焦的人類雙臂。

呀啊啊啊啊啊！這種東西能吃嗎————！也就是說，呃……我會有一陣子沒飯可吃嗎！怎……怎麼這樣……

我沮喪地坐在床邊，重重地嘆了口氣。

唉……早知道會跟聖哉分開，是不是當初就別逞強，乖乖待在移動式洞窟裡等他比較好呢……？不……不行！怎麼可以這樣！我是女神！現在不就有機會證明自己能在冒險時派上用場嗎！沒錯！我也有很多事能做！像是偷偷地探索這一帶，把路線記起來，或是找看看有沒有掉落什麼珍貴的道具……！

我正在思考這件事時……

──噗通！

有條魚從我的雙腿間掉下來。

「！嗚喔！」

我還驚魂未定，魚就變回砂土散落一地，開始形成文字。

『為了保險起見，我要給妳忠告。不要想太多，妳什麼都不必做。』

……我看著來自聖哉的「土魔法訊息」，情緒頓時冷卻。

為了提醒我別擅自行動，還特地傳這種訊息來……好啦好啦！是喔～這樣啊～！這次也是準備周到呢！

不久後文字消失，出現新的訊息。

『傍晚　到王宮的庭院來　完畢』

砂土再次聚攏變回魚形，砰的一聲跳進我的下腹部。

「討厭啦啊啊啊！」

那奇怪的觸感讓我忍不住大叫。

啊，好險！幸好旁邊沒人在！不、不過魚到底消失到哪去了？該不會跑進奇怪的地方吧……？

『躲到哪去了？』我往下腹部砰砰拍了兩下。

──噗通。

有新的魚掉下來。

！喂——！又有別的魚出來啦！這……這次又怎麼了？

魚看著我，張大嘴巴。

「嘔。」

從魚嘴裡竟然吐出像蘋果的水果！

——啥？這是在幹嘛……啊，對了！聖哉應該有預想到我會遇上不能吃的食物，所以事先準備這個給我！

我對謹慎勇者的深謀遠慮，的確抱有一絲絲感謝，不過……

「嘔。」

看到魚又吐出像橘子的水果，我忍不住翻了白眼。

這……這種供餐方式……能不能設法改善一下……

之後魚大口啃起人類的手臂，偽裝成是我吃掉的。

我拿著麵包走上螺旋梯，打開位在塔頂的房門。

「你還真慢呢。」

王后的口氣很不耐煩。

「嗚……嗚喔……」

我趕緊把麵包拿給王后。王后一臉狐疑地收下麵包並立刻咬下，不一會兒就吃得精光。

「哼，再來你打算怎麼做？要開始拷問嗎？要用針刺手指，還是用烙鐵燙肚子呢……沒差，反正那都毫無意義。你有聽說了吧？我是不會感到痛的。」

王后露出嘲諷的笑容。聽到她這麼說，我望向她的手臂。

燙傷，割傷，連看似鞭打造成的瘀青都有。一想到在她的衣服下應該也有無數拷問的傷疤，我就心痛不已。

強裝堅強的她，究竟經歷過多少殘酷的打擊？葛蘭多雷翁很凶殘，想必王后受到的一定是能讓一般人生不如死的待遇。

……我沒有人類時期的記憶，只是單純覺得眼前的老婦人很可憐。我身為女神的神性起了反應。

等回過神，我已經摸起王后的手。

「你……你這隻魚是怎麼回事？難道在同情我嗎？你明明是獸人不是嗎？」

王后把我的手拿開，略顯尷尬地別過頭去。

「……真是奇怪的獸人。」

我突然靈機一動，拍拍自己的下腹。

看到我胯下掉出魚，王后嚇得後退。

「你在幹嘛！怎麼突然生出魚！」

這時落在地板上的魚……
「嘔。」
吐出橘子來。我把橘子拿給王后。
「嗚喔嗚喔！」
「要……要給我嗎……話說這個……真的能吃嗎……？」
我把橘子剝開，吃了一瓣當作試毒，再遞給王后。
「嗚喔！嗚喔嗚喔！」
王后戰戰兢兢地吃了橘子……
「……你還真是奇怪的獸人呢。」
然後淺淺一笑。露出笑容的她神情不再嚴厲，變成符合王后氣質的高貴面容。
但就在這時，突然有個叫聲傳到高塔塔頂。王后表情一緊，我身體也抖了一下。
——剛……剛剛那是什麼聲音？聽起來像人類的慘叫……！
王后緩緩走近有鐵柵的窗戶。
「又有人類被處決了。」
她用不帶任何感情的平靜語氣說：
「葛蘭多雷翁把我關在這座能看到刑場的塔上。那個怪物用盡一切手段逼迫我，折磨我，企圖讓我哭。」

卡蜜拉王后發出乾笑聲。

「他只是在白費工夫。我的眼淚早就乾涸了。」

這時已到黃昏時分，我依照土魔法訊息的指示，來到王宮的庭院。

庭院裡空無一人。我往四周張望，也沒看到犬獸人聖哉。

是我太早來了嗎？當我抱著疑惑，走向庭院角落的草叢時……

「噗通！」

腳下突然塌陷，整個人往下掉！

「嗚喔——！」

我屁股著地，抬頭仰望，發現自己身在移動式洞窟裡。變回人類的聖哉低頭看著我。

「嗯，在掉落的瞬間也是喊『嗚喔』，連下意識發出的也是魚人的聲音。這一點倒是值得誇獎。」

「你引導時能不能更溫柔一點啊！」

聖哉幫我變回女神的模樣後，我追問他：

「……對了，你那邊進展如何？」

「也沒什麼，只是利用跟其他獸人進行戰鬥訓練的空檔溜出來，把王宮內外調查一遍而已。反正真正的行動要明天才開始。不過比起這個……」

聖哉用銳利的眼神看著我。

「在妳被分發去的塔裡，好像關著重要的犯人吧。」

啥！他已經知道了！消息也太靈通！

我正想說那個人是我當人類時的母親，聖哉卻搶先說：

「我不知道那傢伙是誰，也不想知道。聽好了，莉絲妲，妳也別跟那個人扯上關係，這樣會有穿幫的危險。總之妳什麼都別做。」

「我有看到土魔法的訊息啦。我什麼都不會做的。你好囉嗦喔。」

「我要告訴妳一句格言——『沒行動的莉斯妲就是好莉絲妲』。記住了嗎？」

「不要說得好像『沒消息就是好消息』一樣！你這個人還真沒禮貌！」

「如果不用對小孩的方式多叮嚀妳幾次，我沒辦法放心。」

聖哉接著用冰冷的眼神看我。

「不過這裡終究是葛蘭多雷翁的住處，為了將讓人起疑的危險性降到最低，下次將是我們最後一次見面。從今天算起的三天後，在同一時間過來這裡。這段期間我會很確實，很完美地把六芒星破邪進行到最後階段。完畢。」

結束猶如業務聯絡的平淡對話後，聖哉照例先施展變化，用土蛇偵察地面，然後我們才各自從土裡浮上去。

跟聖哉道別後，我獨自回到塔裡的房間，躺在床上。

——唉……看來聖哉果然沒特別擔心我。在蓋亞布蘭德時，不管怎樣他總會把我放在心上……不……不行，我不能再想這種事！我和聖哉是「召喚的女神和受召喚的勇者」！只是這樣的關係！

我決定只想著如何讓六芒星破邪成功就好，並抱著煥然一新的心情入睡。

第二十一章　叛逆的怪物

第二天。

馬獸人來到我位於愚者之塔一樓的房間。

「你有試著拷問她嗎？」

「嗚喔。」

「結果怎樣？」

「嗚喔～」

看到我肩膀下垂，馬獸人心領神會地點點頭。

「之前不曾有獸人能讓她感到疼痛，所以你也不必著急。」

他說完後走出我的房間。

在高塔最上層的牢房裡，我一拿出蘋果，卡蜜拉王后就歪著頭一臉困惑。

「……你今天也不拷問我嗎？」

「嗚喔！」

雖然想露出笑咪咪的表情……但我是魚人，沒自信能順利笑出來。

「你這隻魚到底有什麼企圖？」

王后雖然嘴上這麼說，卻不必我試毒就咬下蘋果。跟昨天相比，她似乎放鬆了對我的戒心。

聖哉告誡我「什麼都別做」。雖然我不太甘願照他的話做，但為了完成六芒星破邪和打倒葛蘭多雷翁，在這裡邊假裝拷問王后邊度日，對我來說應該是明智的選擇吧。

「……還有嗎？」

「嗚喔？」

「就是……那個……水果。」

聽到王后略帶羞赧地這麼說，我覺得很開心，又從土蛇變成的魚口中拿出橘子和新的蘋果。當我要放到王后的手上時……

「嗚喔！」

不慎絆到椅腳摔了一跤，想爬起來頭卻撞到桌子。

「你到底在幹嘛？還真是遲鈍的魚。」

王后幫滾落地面的蘋果擦掉灰塵，邊放聲大笑。

「啊哈哈哈哈！看到你這樣，讓我突然想起我女兒呢！」

！咦咦咦咦咦！看到魚人想起女兒嗎！不……不過，或許就某個層面來說，她這種感覺算是非常正確！

「她就像你一樣遲鈍，除了回復魔法外什麼都不會，也幾乎沒有作為公主的資質。啊……不過她吐嘈倒是十分厲害。那一針見血的吐嘈功力，讓家臣和人民都稱呼她『吐嘈剎刀公主』呢。」

……我身邊的人是不是都瞧不起我啊！

不過王后接著用有點消沉的語氣說：

「唉，後來那個『吐嘈剎刀』跟著勇者大人去討伐魔王，卻一去不返，只聽說她死在魔王手下……」

「……嗚喔。」

我偷瞄王后的臉。本來以為她可能會哭——沒想到她竟然揚起一邊的嘴角，臉上浮現笑容。

「不過我完全不相信！那孩子很會走狗屎運！我想她現在說不定正無憂無慮地活在某個地方呢！」

她接著「啊哈哈」地發出快活的笑聲。

——嗯……這個嘛……算是猜對一半吧……

不管怎樣，看到王后比我想的有精神，還是令人開心。

吃完水果後，我幫王后按摩肩膀。她起初並不願意，到後來才接受。我在床上幫她做完全身按摩後，她就直接睡著了。

我幫王后蓋上毯子，回到自己的房間。

一個人獨處時，最令我掛心的還是聖哉。

——聖哉他……沒問題吧？既然是那傢伙，應該進行得很順利才對。

到了隔天。

雖然每想到聖哉就坐立難安，但即使擔心也無濟於事，就做我該做的事吧。我一邊這麼想，一邊端著食物爬上螺旋梯。

我打開門鎖進入王后的房間，拿出麵包和水果。

填飽肚子後，王后今天也一樣問我：

「……不拷問嗎？」

我擺擺手搖搖頭。

「嗚喔嗚喔。」

「這樣啊。」

王后似乎對我敞開心房，還告訴我這件事。

「我不是天生就缺乏痛覺，但不可思議的是，當魔王征服世界後，我變成不管被怎麼虐待都不會感到痛的體質，連拷問也不怕。我把這當成是神賜予的禮物。」

……伊克斯佛利亞落入魔王阿爾特麥歐斯手中才不過一年，塔瑪因卻已淪為這副慘狀。

除了自己以外的王族全遭到殘殺，家臣淪為玩物，人民淪為食物。不難想像這一年對她而言，鐵定比身處地獄還痛苦。

雖然她說是神的禮物，但這或許是一種心病的症狀。會不會是因為心靈受到傷害，才讓王后的痛覺變得遲鈍呢？

即使這樣，王后依然從瘦弱的身體裡擠出意氣昂揚的聲音。

「這一定是神在對我說『絕不能屈服於拷問』吧。」

沒想到這個時候……

「……原來也有這麼小家子氣的神啊。」

突然傳來一個粗野的嗓音！我跟王后都嚇了一跳，朝聲源看去！

——騙……騙人的吧……！

葛蘭多雷翁竟然趾高氣揚地站在門邊！

「不是給妳打倒魔王的力量，而是忍耐拷問的能力，這種神像廢物一樣，根本派不上用場——雖然不知道有沒有那種神就是了。」

「葛蘭多雷翁……！」

王后臉色大變，怒瞪獸人之王。

到……到底什麼時候來的？完全感受不到他的氣息！

但下一秒四周突然充滿凶暴的靈氣。看來他似乎能自由地收放靈氣和氣息。

葛蘭多雷翁一靠近我就微皺眉頭，停下腳步。馬獸人說得沒錯，看來他的確討厭魚人的氣味。

「喂，魚人，我想你應該聽說了，總之在我說好前，不准吃掉這個老太婆。」

「嗚……嗚喔。」

「我已經決定了，在看到這女人痛哭前絕不殺她。」

「哼！那如果我裝哭，你會立刻殺掉我嗎？」

葛蘭多雷翁對一臉從容的王后感到非常氣惱，一把抓住她的胸口，輕輕鬆鬆就讓王后整個人懸空。

「閉嘴，妳這廢物。我很不滿妳的態度。明明都瘦成皮包骨，竟然還不求饒。」

他粗暴地放開手，讓王后當場跌坐在地。

「魚人，讓我看看這老太婆的哭臉，這樣我就會對你們這個種族刮目相看，不但會准許你進王宮，還會提拔你進作戰部隊，當我的貼身護衛。」

「嗚喔……」

「我會再來查看。」

葛蘭多雷翁說完離開房間。

——他……他真的走了嗎……？

我也學聖哉那樣小心翼翼地往門外窺探數次，都沒看到他的身影。

當我放心地回過頭，卻看到王后拿著針要遞給我。

「來，這是你上司的吩咐。差不多也該開始認真地拷問我了吧。要是不這麼做，你也會有危險的。」

「嗚喔嗚喔！」

即使這樣我依舊搖頭，連王后也不免感到吃驚。

「葛蘭多雷翁都那麼說了，你還是不肯動手嗎！」

她露出傻眼的表情，將臉湊近我。

「看你是個有前途的獸人，我就告訴你吧。聽好了，即使葛蘭多雷翁那麼說，你也絕不能加入獸皇的作戰部隊。那只會讓你的死期提前。」

「嗚喔？」

「你知道為什麼葛蘭多雷翁要在這個被魔王征服的世界上，繼續募集精銳建立獸皇隊嗎？他其實充滿野心，打算殺掉魔王阿爾特麥歐斯，成為這世界真正的帝王。」

──什麼！怎……怎麼有這種事！

「我很清楚，葛蘭多雷翁的確有這種實力。這就是所謂『統治世界的器量』吧。阿爾特麥歐斯原本是想培育優秀的部下，結果卻養出一個不得了的怪物。」

我突然不安起來。配置在王宮的作戰部隊，就是聖哉所屬的部隊。

──沒……沒問題嗎……聖哉……！

葛蘭多雷翁不只能力值高得嚇人，還有某種深不可測的力量。或許那正如卡蜜拉王后所言，就是跟魔王阿爾特麥歐斯不相上下的「器量之力」。

然後，這一天終於到了。今天是我跟聖哉約好的日子。聖哉在黃昏前，應該會進行到六芒星破邪的最後階段。

我比聖哉說的時間提早一點前往王宮的中庭。

中庭還是一樣不見任何人影。當我走向更深處的草叢時……

突然「噗通」一聲，掉進移動式洞窟的洞裡。

「……莉絲妲，妳來得挺早的嘛。」

看到聖哉表現得跟平常沒兩樣，我放下心中的大石。

「聖哉！太好了！我本來還擔心你會不會發生什麼事呢！」

「妳在說什麼？我已經在王宮內的邪神殿周圍設置好六個結界石，也偷拿到葛蘭多雷翁的體毛。計畫進行得很安全也很完美，接下來只要躲到王宮的地下，跳完三小時的『破邪的劍舞』，六芒星破邪就會完成，讓葛蘭多雷翁跟著變弱。」

「是……是喔……可是葛蘭多雷翁可以消除靈氣和氣息！即使之後只要跳劍舞就好，在那之前還是不能掉以輕心……」

「那還用得著妳說，我當然有掌握到這一點。完全沒問題。」

聖哉接著對我露出像看到笨蛋的表情。

「問題永遠出在妳身上，莉絲妲。」

「我……我嗎！」

「沒錯，我接下來要在地下十公尺的移動式洞窟跳『破邪的劍舞』。通常這應該沒什麼問題才對，除了妳之外……」

「這……這話是什麼意思？」

「伊希絲妲有說過，處在邪神之力發動的現況中，妳無法叫出回神界的門。但即使如此，妳依舊能用門在塔瑪因內移動。換句話說，妳叫出的門可以侵入我的移動式洞窟。」

聖哉用老鷹般的眼眸瞪著我。

「我會在情況這麼急迫時把妳叫來，就是為了要警告妳。我不希望到了最後關頭還被無聊的事妨礙。」

「你怎麼那麼說啊！」

「為了保險起見，我要再說一次，六芒星破邪祕儀是唯一能確實殺掉葛蘭多雷翁的方法。但只要被第三者看到，神聖之力便會瞬間飛散，無法再對同樣的敵人用第二次，所以這只許成功，不許失敗。」

「這我都知道啦！」

「最後我還有一句話要說。」

「還要說啊！你有夠囉嗦耶！」

「這次我會把六芒星破邪擺在第一優先。完畢。」

「喔——這樣啊！那我也有話要對你說！在我身上的那些魚，眼睛應該看不見吧！一想到行動可能被你看光光，我就坐立難安！」

「那些魚沒有那種功能，畢竟我對妳的私生活沒興趣。不過……」

聖哉彈了下手指，我的胯下就噗通噗通噗通噗通噗通噗通地掉下大約十五條魚。

「！你到底放了多少魚！」

「既然妳很在意，就還給我吧。即使妳再沒用，撐個三小時應該沒問題才對。不過為了保險起見，我會留一條防身用的魚。」

「你大可以全部拿掉啊！」

「不行，那條要留著。這不是為了妳，是為了我自己。」

從移動式洞窟出來後，我完全沒回頭看聖哉，直接大步走過王宮的庭院。我氣鼓鼓地爬上塔的階梯。

——啊，有夠煩的！搞什麼啊！連這種時候都瞧不起我！我怎麼可能妨礙他嘛！沒錯，只要再三小時。只要等過這段時間，六芒星破邪就能順利完成，不會有任何問題的。

第二十二章　母后

我邊生悶氣邊爬上階梯，前往王后的房間。

王后一天只吃一個麵包。我看食物少得可憐，於心不忍，都給她水果當晚餐。

我一手拿著蘋果輕輕開門後，發現王后躺在床上。

「嗚喔嗚喔？」

我試著叫她，她只發出沉沉的呼吸聲。我把水果放在桌上，拿起王后的手。

——就快了……就快了。雖然那勇者跟我不對盤，但他絕對會讓六芒星破邪成功。這樣塔瑪因就會得救，妳也能馬上離開這座塔……

這時我突然……

——奇怪……這是什麼？

發現王后的右手握著某樣東西。

我很好奇，緩緩撥開熟睡的王后的手指，取出她手中的物品。

那是個小小的娃娃。看起來像手縫吉祥物的女孩娃娃。感覺上應該是很久以前做的，黑黑髒髒的還有破損。不，就算沒有髒汙，這娃娃的做工還是不太好，臉孔和頭髮都做得很粗糙，就算恭維也稱不上好。總之就是個充滿手工感的娃娃。

不過，當我不經意地翻過去看背面時……卻大吃一驚。

「給媽媽　　緹雅娜」

上面用黑線縫了這樣的文字

——這……這難道是我還是人類時做的嗎……！

這時，原本拿在我手上的人偶忽然消失。

「……這個老太婆，竟然傻呼呼地睡得這麼香。以前從沒發生過這種事呢。」

「嗚喔！」

這低沉的聲音令人背脊發涼！我回頭一看，發現身材魁梧的獸人之王葛蘭多雷翁就站在背後，手上還拿著從我手中奪走的娃娃！

「抱歉，我沒有要嚇你的意思。我只是有點在意，昨天老太婆看你的眼神……跟看之前那些獸人的不一樣。實際上她現在也不在乎你就在身旁，照樣睡得很熟。」

這場騷動終於把王后吵醒。她一看到葛蘭多雷翁就板起臉孔，做出防衛的動作……

「天啊……！」

接著又突然驚叫一聲，盯著自己的右手看。本來應該握在手中的東西，此刻卻在葛蘭多雷翁手上。

「什麼啊，老太婆，原來這是妳的私人物品嗎？妳之前到底把這玩意兒藏在哪裡？床底下嗎？」

「這……這不干你的事！快還給我！」

平常一派從容的王后臉色大變，吼叫起來。看到她不尋常的樣子，連葛蘭多雷翁也察覺有異，更仔細地凝視人偶。

「這人偶有什麼嗎？」

葛蘭多雷翁接著看向人偶的背。

「『緹雅娜』……我記得是妳的女兒吧。這麼說……這是妳女兒送妳的？」

「還……還給我……！」

王后走到葛蘭多雷翁的胸前，朝身形龐大的他伸出手，試圖拿回娃娃。

「快還來！快還給我！」

「煩死了，妳這個廢物！」

葛蘭多雷翁發出咆哮般的怒斥，用沒拿人偶的另一隻手推開王后。光是這動作就讓王后飛了出去，摔倒在地。

「嗚喔！」

我立刻衝去王后身旁，扶起她的上半身順了順背。王后卻完全不把我放在眼裡，只是一味地盯著葛蘭多雷翁看。

「拜託你……還給我……」

聽到她哀切的低語，葛蘭多雷翁往地上啐了口口水。

「妳女兒都死了，還把這玩意兒當寶？」

「緹雅娜……緹雅娜她才沒有死！」

「啥？說什麼傻話啊，妳這沒用的老太婆！妳應該早就知道了吧？妳女兒被阿爾特麥歐斯開腸剖肚死狀悽慘，就像這樣──」

葛蘭多雷翁拿著人偶的手開始用力，王后見狀大大地抖了一下。

「住手……快住手……！」

但就在下一秒，布料纖維被一根根扯斷的聲音響起！葛蘭多雷翁將上下半身分家的人偶隨手扔在地上。

「緹雅娜……！」

王后聲嘶力竭地吶喊。

……我咬牙切齒地看著葛蘭多雷翁的暴行。我當然想阻止，但我沒這個力量，最後只會落得跟王后一樣被轟飛的下場。既然這樣，我寧願抱住王后的背扶持她。

「嗚嗚……！緹雅娜……緹雅娜……！」

就在這時──「啪噠」……

有東西落在我摟住王后肩膀的手臂上。

——咦咦……！怎……怎麼會……！王后她……！

不論受到多少拷問也不屈服的王后，雙眼竟然不斷溢出淚水！

「喂喂喂……！妳哭了……！妳終於哭了……！這一年不管我怎麼做都不肯哭的老太婆，竟然把這髒兮兮的人偶看得這麼重要？」

我和葛蘭多雷翁一樣無法理解。難道我當人類時送王后的人偶，一直都是她的心靈支柱嗎？可……可是，為什麼她會對這人偶如此重視……？

我看著被無情撕裂扔在地面的人偶。「想知道原因」的心情，讓我在不知不覺間發動鑑定技能。

「年幼的緹雅娜公主為王后做的人偶——【警告】還想知道更詳細的內容嗎？」

——警……【警告】？這是什麼？

我頓時猶豫了一下。不過既然有更詳細的內容，那我當然想知道。我在腦中作出「想知道」的請求。突然間，我彷彿暈眩般頭昏腦脹起來。

……原本應該在塔頂的我，來到彷彿黑白電影的灰色世界。

在一間擺滿高級家具的臥房裡……

「母后！母后！」

有個穿白色禮服，年約五歲的小女孩跑進來，在我腳邊活力充沛地來回穿梭。佇立在我前方的，則是同樣穿著禮服，臉部肌膚緊緻有彈性的卡蜜拉王妃。

「緹雅娜！不要亂跑！這樣太沒規矩了！」

年幼的我挨了罵，低頭露出難過的表情。

「可是我想……拿這個給母后看……」

「那是什麼？」

「是娃娃……是我做的喔。」

王后要接下人偶時，發現緹雅娜公主手上滿是傷痕。

「竟然受了這麼多傷。妳手又不巧，沒必要勉強自己吧。」

「可是母后工作很忙，常常見不到我吧。」

緹雅娜公主微微一笑。

「所以請母后把娃娃當成我帶在身上吧！」

年幼的緹雅娜公主動了動人偶的手腳，要弄給王后看。

「您看！這樣我們就能一直一直在一起了！就算我在很遠的地方，也會一～直跟母后在一起！」

「真是的。妳啊，人小鬼大……」

王后收下人偶，摸摸年幼的我的頭，笑了一笑。

「謝謝妳，我會好好珍惜它的。」

……等我恍然回神，灰色的世界已經消失，眼前是葛蘭多雷翁山一般的龐大身軀。這怪物瞪著被我抱住的王后。

「死去的女兒的遺物被弄壞，竟然讓妳那麼難過？人類真是莫名其妙。」

葛蘭多雷翁走向王后，抓住她的頭髮，將凶惡的獅子臉湊近她。

「不過……這樣很好！我就是想看妳這張悲慘的臉！死了，都死了！不管是女兒、國王、家臣、人民，所有妳重視的人都死光了！聽好了，老太婆！這世界已經沒希望了！」

他一放開頭髮，王后就當場倒地。

「感覺就像胸中長久的鬱悶一掃而空啦。這下塔瑪因就等於完全向獸人屈服了……」

葛蘭多雷翁一臉滿足地說：

「等下就在刑場砍了妳的頭。」

——騙……騙人的吧！

「嗚……嗚喔嗚喔嗚喔！」

我已經忍無可忍，便擋在葛蘭多雷翁面前，想阻止他處決王后。但葛蘭多雷翁卻親暱地把手放在我肩上。

「喔，我當然不會忘記你。幹得不錯嘛。原來你是先專心讓老太婆敞開心房，再像這樣揪出老太婆的弱點吧。我要好好誇獎你一番。我會照約定讓你進王宮的。」

——不……不對，我不是這個意思啊……！

葛蘭多雷翁伸手想把我推開。大概是把此舉視為對我的攻擊吧，土蛇變成的魚剎那間從我身上出現，對他齜牙咧嘴。不過葛蘭多雷翁也只是一笑置之。

「獎勵等下再說，現在先來處決老太婆。」

他無視於我，粗暴地抓住王后的手臂，拖著她往門外走。聖哉給我的魚只會在有人襲擊時自動保護我。得知葛蘭多雷翁無意攻擊我後，魚又自動回到身上。

——不……不行！這樣下去王后會被殺的！得阻止葛蘭多雷翁才行！

我打開關起的門，想立刻追上他們，但從漫長的螺旋階梯往下看時，卻沒看到葛蘭多雷翁的身影。

——怎麼可能！這樓梯這麼長，他是怎麼走完的！

我焦急地衝下螺旋梯，途中還因為太慌張，不慎絆到腳而滾下樓梯。

嗚嗚嗚！搞什麼啊！為什麼偏偏挑這時候發生這種事！跟聖哉見面後還不到一小時！破邪的劍舞應該連一半都沒跳完！

等我好不容易出了塔，往四周張望，依然沒發現葛蘭多雷翁和王妃的蹤影。

——刑場！根據從塔上看的感覺……是在那個方向！

我的直覺很準，因為在我前進的路上，有很多獸人邊走邊聊。

「聽說等下要處決王后呢。」

「什麼，那老太婆還活著？」

我想趕路，但有很多獸人擋在我前面，讓我不能盡情奔跑。

「嗚喔嗚喔嗚喔！」

前面的獸人聽到我叫，不耐煩地回頭。

「啥，這魚人想幹嘛？」

「喂，吃了你喔。」

即使被瞪被罵，我仍舊毫不在意地穿過他們往前邁進。

我一直可憐兮兮地東奔西跑，好不容易才看到葛蘭多雷翁的背影。他讓部下扛著王后，自己則悠哉地往前走。

——太……太好了！終於趕上了！

不過就在那一刻，我腳步停了下來。

我……我到底在做什麼！就算追上了……之後又該怎麼辦？我是笨蛋嗎！光憑我哪阻止得了葛蘭多雷翁啊！

我回神過來，發現腳下是砂礫。荒地上有磔刑架一字排開，在別的位置還放著斷頭台。

葛蘭多雷翁已抵達刑場。

——情況演變至此，已經無力回天了！聖哉！

但在我的腦海中，迴盪著聖哉的聲音。

『這次我會把六芒星破邪擺在第一優先。』

不……不行！我又要扯聖哉後腿了嗎？我絕不能呼叫聖哉！而且伊希絲妲大人也說過，絕對要避免跟葛蘭多雷翁直接交手！

後悔的念頭宛如怒濤般襲向我。

全部……全部都是我的錯！如果我不從睡著的王后手中拿走人偶，或許葛蘭多雷翁就不會察覺！聖哉說得沒錯，要是我跟王后的感情沒好到超過必要的程度，就不會發生這種事了……！

雖然現在後悔已經來不及，我還是忍不住後悔起來。經過無盡的悔悟後，最終想到的還是那個可靠的勇者。

對……對了……如果是聖哉，即使面對這種狀況，應該也能設法解決吧？沒錯！就算直接跟葛蘭多雷翁對戰，只要像平常一樣靠那超乎想像的謹慎，一定沒問題的……！

『聖、聖哉應該還是贏、贏不了吧。』

然而，這次換雅黛涅拉大人的話掠過腦海。向戰神傑特學來的「狂戰士狀態」——即使把這一招提昇到人類不可能達到的「第三階段」，也無法在肉搏戰中打倒葛蘭多雷翁。在這種情況下，向聖哉求救也沒有意義。要打倒葛蘭多雷翁拯救塔瑪因，讓六芒星破邪成功是絕對必要的條件。也就是說……也就是說……

——對不起，卡蜜拉王后……！原諒我……！我沒辦法救妳……！

獸人把眼神空洞的王后當成無關緊要的貨物拖行。前方就是斷頭台，上面高掛著血跡斑斑的汙黑刀刃。

王后萬念俱灰的疲憊側臉，以及她從年幼的我手中收下人偶時的溫柔笑容，兩者既形成對比又彼此交疊。

——母后……！

……我侵入移動式洞窟的瞬間，突然「啪擦」一聲，洞內光芒隨著刺耳聲響劇烈閃爍。原本充滿整個空間的神聖氣息，想必都煙消雲散了吧。

原本跳著劍舞的聖哉停止動作，將白金之劍插在地上。

「……莉絲妲，妳知道自己做了什麼嗎？」

聖哉彈了下手指，解除我身上的變化之術，並投以輕蔑的眼神。

「為了確實打倒葛蘭多雷翁所花費的苦心——全在這一刻化為泡影。」

「聽……聽我說……王……王后她……現在要被……葛蘭多雷翁處決了……」

聖哉不發一語。我不知道該用什麼表情，也不知道該怎麼說，只能很孬地陪以笑臉。

「啊哈……啊哈哈哈……你……你已經受夠我了吧？到底要扯別人後腿幾次才甘心？

『我是女神，聖哉是人類』……明明都這麼下定決心了，我卻……連我自己都不知道該怎麼辦才好……」

我像求救般走近聖哉，將頭靠在他胸前。

「你大可以討厭我，要怎麼打我踢我也沒關係，所以，拜託你……算我求你……請你救救王后吧……」

我到底在說什麼？只要六芒星破邪沒成功，聖哉就無法打倒葛蘭多雷翁，但我卻求他救王后。這已經超越一廂情願的程度，根本是胡搞瞎搞了。

但是……即使如此……

「就算我現在失去記憶……變成女神……她仍舊是我唯一的母親啊……！」

我眼淚撲簌直落。

「請你……請你救救母后……！求求你……拜託！」

我以祈禱般的心情，向人類勇者哀求。

在片刻的沉默後，聖哉開了口。

「妳是女神，我是妳召喚來的勇者，我們的關係僅止於此，不會超越也不會倒退──妳在神界是這麼說的吧？」

頭上響起的嘲諷言語，讓我不住顫抖。

「對不起……！對不起……！」

我一道歉，聖哉就抓住我的肩膀，「咚」的一聲把我推開。

「嗚嗚……嗚嗚嗚嗚……！」

那是「無言的否定」。當聖哉把我推離開他時，我感覺連靈魂也跟著變得疏離。我好痛苦好悲傷，不停啜泣。

然而……我錯了。

「喀鏘」的金屬聲響起。我緩緩抬起被淚水打濕的臉，發現聖哉將白金之劍收進腰際的劍鞘。

「妳說得沒錯。」

「聖……哉……？」

「無關好惡，不論是非。如果『拯救王后』就是召喚我的女神的意志，那我就會遵循妳的意志。」

勇者重重地呼出一口氣，把拳骨弄得喀啦作響。

「再說，要是不用實力打倒那傢伙，我也無法打倒這世界的魔王。」

聖哉接著用充滿決心的銳利眼神看向我。

「走吧，莉絲妲，我們去解救王后，打倒葛蘭多雷翁。」

第二十三章　魔獸生態變異

聖哉問哭哭啼啼的我：

「情況很緊急嗎？」

我用洋裝的衣襬擦擦眼淚，勉強開口說：

「母后她——卡蜜拉王后她在斷頭台……刑場有葛蘭多雷翁和很多獸人……」

聖哉靜靜點頭，要我叫出通往刑場附近的門，並把我再次變成魚人。

「我先引開他們的注意，妳再趁隙救走王后。」

聖哉把手貼在門上，確定開門地點安全無虞後才開門。

「狀態狂戰士……！」

聖哉身上突然散發出紅黑色的狂暴靈氣！黑亮的髮絲瞬間染成紅色，嘴裡也長出獠牙！

——劈……劈頭就狂戰士化！我還以聖哉會變成犬獸人混進刑場呢！

看到聖哉消失在門的另一邊，我連忙追上去。穿過門後，我接著環顧四周。

刑場就在距離這裡幾十公尺的前方。我能看到遠方人山人海的獸人，以及站在斷頭台附近的王后。

應該謹慎的勇者把拔出的劍扛在肩上，朝刑場大步衝刺。

不久後，有個獸人發現聖哉靠近。

「……咦？那傢伙要幹嘛？」

獸人們的視線離開即將上斷頭台的王后，集中到聖哉身上。

「是……人類？」

「打哪來的？」

就在這一瞬間！正當獸人們一臉詫異地喃喃低語時，一道紅色軌跡就像要縫起他們之間的空隙般，呈鋸齒狀穿梭其中！等聖哉通過後，有幾個獸人的上下半身立刻分家！

在片刻的沉默後……

「咿……咿——！」

「嗚哇啊啊啊啊啊！」

獸人們紛紛慘叫！而發出慘叫的獸人的上半身也掉落地面！真是名符其實的狂戰士！把眼前的所有獸人毫不留情地一刀兩斷！

現在已經顧不得處決王后了。突然出現的敵人把刑場化為哀嚎的地獄。連負責放下斷頭台刀片的獸人，也早就從現場逃之夭夭。

現在機會來了。化成魚人的我走到王后身邊。

王后看到我，像恢復理智般喃喃開口：

「是……是你？難道你是來救我的……？」

「嗚喔！」

我將王后帶離斷頭台，到安全的場所避難。就算其他獸人察覺到我，在旁人眼中也像是負責防止王后逃跑的看守者。

我們來到沒獸人的地方後，王后開始目不轉睛地看著聖哉如鬼神般砍殺獸人。她瞪大雙眼，全身顫抖。

「那是……勇者大人？沒錯……的確沒錯！原來他還活著……！」

聽到她充滿希望的聲音，我頻頻點頭。

——多虧有聖哉，讓我能搶回王后！如果能帶王后離開這裡是最好的！可是……！

這時傳來龐然大物踩過小石子的聲音。

「……竟敢在我的地盤上胡作非為。」

在聖哉堆起的獸人屍山的另一頭——葛蘭多雷翁正瞪著聖哉。

「包含獸皇隊精銳在內的幾十個獸人，竟然轉眼間被你殺掉……真有一手啊，人類。」

雖然同胞慘遭殺害，葛蘭多雷翁卻完全不為所動，表現十分冷靜。不愧是獸人之王該有的氣勢。

我發動透視能力，再次確認葛蘭多雷翁的能力值。

獸皇葛蘭多雷翁
Lv：99（MAX）
HP：120044　MP：0
攻擊力：856121　防禦力：819637　速度：807711　魔力：58754　成長度：999（MAX）
耐受性：火、風、水、雷、冰、土、光、闇、毒、麻痺、睡眠，詛咒、即死，異常狀態
特殊技能：邪神的加護（Lv：MAX）
特技：漆黑殺爪
性格：凶惡

這能力值足以媲美統一神界的上位神。我再次顫抖。

狀態狂戰士能讓能力值變成兩倍。也就是說，聖哉現在的速度絕對有五十萬左右。這速度如此驚人，甚至超越蓋亞布蘭德那個擅長超高速移動的蒼蠅魔物貝爾卜普。但即使如此，葛蘭多雷翁的速度依然大幅領先聖哉，兩者間的差距竟然有……三十萬！

——葛蘭多雷翁如果使出最高速，恐怕連聖哉都無法察覺！要從這裡逃走絕非易事！到底該怎麼辦才好！

我只好先悄悄發動女神之力，提升動態視力，觀察聖哉跟葛蘭多雷翁的動向。

「在拉多拉爾這塊土地上，還藏著力量這麼強大的人類——應該不可能吧。照這樣看來，你應該就是被召喚來的勇者吧？」

聖哉不作回應，繼續保持備戰狀態。葛蘭多雷翁改用比較溫和的語氣說：

「喂喂，你不必這麼緊張。我現在只是想聊聊。你是被召喚到這世界的勇者沒錯吧？」

聖哉緩緩開口。

「……沒錯。」

「既然這樣，就代表布諾蓋歐斯已經被你幹掉了。也就是說，在賈爾巴諾跟我對話的是你嘍……真是的，就跟雜色髮說的一樣。」

葛蘭多雷翁喃喃說完，不知為何露出愉快的笑容。

「話說回來，沒想到你能扮得那麼像，甚至騙過我的眼睛，還真有一套呢。」

「那是神界的變化之神直傳的技術。光從外表和氣質是沒人能識破的。」

「是喔，是喔，原來如此。」

葛蘭多雷翁發出「咯咯咯」的忍笑聲，接著敞開雙臂表示自己沒有戰意。

「我只是單純喜歡強者而已。怎樣？要不要跟我一起幹掉魔王阿爾特麥歐斯？我跟你的利害是一致的吧？」

那……那是什麼意思！他是認真的嗎！不……根本不可能！不過要是先假裝答應他的邀請，或許就能趁隙逃走……！

我的注意力才剛被這提議吸引，下一秒葛蘭多雷翁所站的位置竟已空空如也！葛蘭多雷翁高舉右臂，憑著看似瞬間移動的高速，無聲無息地逼近聖哉的眼前！

「……『漆黑殺爪』！」

他發出低吼，同時舉起含有連鎖魂破壞的漆黑爪子，朝目標揮了下去！轟隆巨響和劇烈震動頓時搖撼整座刑場！

——聖哉！

葛蘭多雷翁一掌揮下的衝擊波震裂地面！不過……在深深刻下巨大爪印的地面上，卻不見聖哉人影！

刺耳的金屬聲瞬間響起！原來聖哉是繞到葛蘭多雷翁的背後！而葛蘭多雷翁則以長爪為盾擋下聖哉的劍！

「哦……不但閃過，還反過來給我一擊……」

閃……閃過了？還做出反擊？聖哉的能力值明顯低於葛蘭多雷翁，為何能做到這種地步……！

看到聖哉的模樣，我嚇了一跳。

包覆身體的紅黑色靈氣變多，不只頭髮，連眼睛也染紅了！

——這……這個變化是……！不、不會錯的！他把狀態狂戰士升上第二階段了！

普通的狂戰士是把能力值變兩倍！更上一級的第二階段則是三倍！也就是說，聖哉目前的攻擊力已微幅領先葛蘭多雷翁！

我高興得全身顫抖。

沒錯！這勇者之前有好幾次學會號稱人類辦不到的絕技！光箭七連射和破壞術式都是如此！現在連第二階段也升級成功！

不過，我又發現聖哉進一步的變化。

聖哉的眼睛不知何時恢復成原本的顏色，靈氣的量也變得跟之前差不多。

——咦！這……這是……！

「下一次可沒這麼好運。我要上了。」

葛蘭多雷翁再次逼近聖哉，舉起右臂。那一瞬間聖哉瞳孔再度變色，閃過那充滿威脅性的一擊。但葛蘭多雷翁這次卻緊跟著閃避的聖哉。只見他身子一扭，像要使出背拳般揮出左掌的爪子。

不過聖哉也做出反應，立刻將上半身前彎以閃避追擊。即使頭髮被漆黑的爪子切斷散落地面，至少平安地拉開距離。

「……又閃過了？看來那並非一時的好運。」

葛蘭多雷翁顯得吃驚。不過一直看著聖哉的我察覺到某個事實。

——眼……眼睛的顏色又恢復了……！嗚嗚！聖哉他……聖哉他還沒完全掌握第二階段！一定是只能發動一瞬間！

只有在葛蘭多雷翁攻擊的那一刻，才會提升到第二階段！從他攻擊後馬上恢復來看，那時間應該極為短暫！

得知真相後，我呼吸變得紊亂。不過只要葛蘭多雷翁沒發現這一點，還是有勝算的。

然而，這個想打倒魔王阿爾特麥歐斯的怪物咧嘴一笑。

「雖然偽裝技能讓我看不到你的能力值，我依然看得出靈氣的增減。你在受到攻擊的瞬間，能力值會急速增高吧？但之後靈氣又會銳減。也就是說，你只有很短的時間能超越我……」

葛蘭多雷翁像拳法家一樣雙手緩緩畫圓。

「所以接下來，我要用漆黑殺爪對你發動連續攻擊！」

慘……慘了，這下慘了！被看穿了！該怎麼辦！狂戰士發動時別說特技，連火和土魔法也不能用！如果想用魔法當障眼法從現場逃走，就得先暫時解除狂戰士狀態！可……可是一旦能力值恢復原狀，或許會瞬間被殺掉！

我還沒思考出結論，葛蘭多雷翁已經逼近聖哉，以漆黑殺爪使出連續攻擊！聖哉發動第二階段，先勉強閃過迫在眉睫的爪擊，再以劍彈開攻擊……但沒過多久，眼睛的顏色和靈氣就消失了！

獸人王露出獰笑。

「……去死吧。」

這時葛蘭多雷翁的身體卻搖晃一下，失去平衡，爪子只砍到空氣。聖哉趁隙離開葛蘭多雷翁，取出安全距離。

「怎麼回事？」

葛蘭多雷翁疑惑地喃喃自語。看到一隻腳上纏著土蛇，他「嘖」的一聲咂了下舌，像拍灰塵般用爪子輕易地切碎土蛇。土蛇化為普通的泥土掉落地面。

「搞這種無聊的小把戲。」

葛蘭多雷翁瞪向聖哉，聖哉的腳邊卻一塊塊凸起！有十隻以上的土蛇從地下現身！

——土魔法！可是狂戰士不是不能用魔法嗎？

看到聚集起來保護聖哉的土蛇有幾條後，我才意會過來。

沒錯！那些是原本放在我身上，剛才還給聖哉的魚！解除變化就變回土蛇了！

「那種東西不管來幾隻都不痛不癢，只會被我全部砍光。」

葛蘭多雷翁朝聖哉飛撲而去！他以腳下的土蛇都來不及反應的速度衝到聖哉眼前，聖哉也立刻發動第二階段閃過攻擊，並以白金之劍做出反擊！可是……

「喔，好險。」

攻擊卻被漆黑之爪擋下……而聖哉的眼睛又恢復原色！葛蘭多雷翁見機不可失，立刻乘勝追擊，土蛇則一起撲向他，像要從絕境中救出主人！

「這群小嘍嘍有夠煩的！」

總數超過十隻的土蛇群，被漆黑殺爪接連砍斷，化為普通的沙土！葛蘭多雷翁就這樣直接衝向聖哉！

——土蛇全被幹掉了啊！聖哉！

但葛蘭多雷翁卻停下動作，一臉嫌惡地咂舌。

「竟然還有……！」

只見聖哉腳下再度隆起，密密麻麻的土蛇探出頭來！數量有……

三十……五十……不，超過一百隻！這、這到底是……！

土蛇群從四面八方襲向葛蘭多雷翁。

聖哉用平淡的口吻說：

「無論結果如何，我都打算跟你一戰，所以事先在塔瑪因各處放入土蛇。那些土蛇現在都聚集到這裡了。」

原……原來如此……！話說他究竟放了幾隻？聖哉不是預測六芒星破邪的成功率有九成嗎！既然如此，為什麼還放這麼多土蛇！他城府果然很深！

不過這些蛇也終究是障眼法，對葛蘭多雷翁起不了作用。漆黑殺爪依舊把土蛇接二連三變回土塊。

聖哉發動第二階段，打算趁葛蘭多雷翁分心對付土蛇時拉出安全距離，但葛蘭多雷翁沒這麼好對付，邊處理土蛇邊追聖哉。看到他以一次二十隻、三十隻的步調穩定地解決土蛇，每次都讓我心跳更加速。

「……怎麼？已經結束了嗎？」

葛蘭多雷翁這麼說時，聖哉的腳下已經沒有隆起。

葛蘭多雷翁確認勝利在握，眼中迸出詭異的光芒……朝聖哉全力衝刺！

聖哉立刻發動第二階段！先閃過這一擊，再閃過下一記爪擊！聖哉每閃一次就發動反擊，全力突刺葛蘭多雷翁的心臟，對方卻總以分毫之差閃避！然後……絕望的第三擊攻向聖哉！

——第二階段結束！這一次……一定會被打到的！

但令人難以置信的是，跟葛蘭多雷翁對峙的聖哉仍是紅色眼瞳！聖哉以劍為盾擋下爪擊，再用後仰閃過左爪的第四擊！在不穩定的姿勢下橫掃而出的白金之劍，則掠過葛蘭多雷翁的鼻尖！這次反而是葛蘭多雷翁主動離開聖哉，取出距離。

——第……第二階段還持續著嗎？為什麼！

葛蘭多雷翁看似跟我一樣莫名其妙，露出無法接受的表情。

「喂喂，這究竟是什麼道理？是為了騙我，才故意裝成只能短暫發動嗎？不對……我的判斷很完美。直到剛才，你都得費盡全力才能維持那個狀態啊。」

聖哉轉了轉脖子，喀啦作響。

「發動第二階段會對身心造成龐大的負擔。如果一口氣打到底，肉體和精神都會有崩壞的危險。所以在跟你對戰時，我一邊把自己逼到極限，一邊進行微調。不過……嗯……」

聖哉散發出強大靈氣，用紅眼睛看向葛蘭多雷翁。

「……我已經習慣了。」

聽到勇者講出跟蓋亞布蘭德的戰帝相同的台詞，我打從心底顫慄不已。

——天……天才！竟然能在對上強敵葛蘭多雷翁的實戰過程中，將狀態狂戰士·第二階段完全掌握！

「那麼，我要全力以赴了。」

聖哉從腰際拔出新的白金之劍，一手以上段持劍，一手以中段持劍，擺出雙刀流的架式。

「竟敢瞧不起我……！你這廢物……！」

葛蘭多雷翁一說完，雙方就在轟炸般的巨響中撞在一起！

聖哉的攻擊不是平常的雙刀流連擊劍，不過速度和威力都相當驚人！每一擊都帶有足以劈開天地的威力！劍與爪交織成的衝擊波，連人在遠方的我頭髮都被吹動！

葛蘭多雷翁的防禦趕不上聖哉的猛攻！他臉頰被劃傷，黑血直流！身上的漆黑鎧甲出現龜裂！讓葛蘭多雷翁不得不稍微後退。

——好厲害！不愧是億中選一的奇才！行得通！就算沒有六芒星破邪也行得通！不……

不過……等一下！既然這樣，為什麼雅黛涅拉大人會說聖哉贏不了葛蘭多雷翁？為什麼連伊希絲妲大人也再三強調要避免直接交手？

結果，我的不安化為現實。

等回過神，眼前呈現一幅異樣的景象。步步進逼的聖哉表情痛苦，節節敗退的葛蘭多雷翁卻神態自若。

「怎麼了？開始著急了嗎？你是個老謀深算的傢伙，應該有想過『要在我拿出真本事前宰了我』吧？」

——什麼，葛……葛蘭多雷翁還沒拿出實力嗎……！

聖哉氣喘吁吁地不斷發動攻擊，葛蘭多雷翁的呼吸卻絲毫未亂，還對聖哉說：

「你直覺很準，但就算猜中也無能為力。我的能力跟布諾蓋歐斯不同，會自行發動。只要不做出反擊，持續承受敵方攻擊到一定程度就會發動，不管你有多深謀遠慮也沒用。」

聖哉的攻勢瞬間減緩，葛蘭多雷翁則發出訕笑。

「已經太遲了，勇者。」

葛蘭多雷翁的身體被黑光包覆。

「『魔獸生態變異』……！」

壓倒性的漆黑靈氣從他體內往外擴散，把聖哉當場彈飛！等靈氣的光芒消失後，葛蘭多雷翁的身體已經變形！他背上有像蝙蝠的巨大翅膀，腰部以下是彷彿有自我意識般不停扭動的大蛇尾巴！變成直立式合成獸的葛蘭多雷翁，全身有如帶電般發出青白色強光！然後，他對聖哉擺出準備突擊的架式！

聖哉立刻感受到生命危險，想跟葛蘭多雷翁拉開距離……

「……雷音疾走！」

但青白色閃光猶似雷電，剎那間通過聖哉身旁。在我眼中看來，就好像聖哉和葛蘭多雷翁瞬間互換了位置。

……聖哉頹然跪下。

連被戰帝砍斷一隻手也不為所動的勇者摀著肚子，表情痛苦扭曲。

第二十四章　在這過於痛苦的世界裡

獸人之王邊從身上「啪嘰啪嘰」地放電，邊俯瞰身體蜷縮的聖哉。

「我的攻擊力已破百萬，遠超過魔王阿爾特麥歐斯了。」

在我發動透視能力的眼中，映出葛蘭多雷翁的能力值。

獸皇葛蘭多雷翁　狀態：雷獸

Lv：99（MAX）

HP：955989／1200044　MP：0

攻擊力：1023987　防禦力：998596　速度：938855　魔力：58754　成長度：999（MAX）

耐受性：火、風、水、雷、冰、土、光、闇、毒、麻痺、睡眠，詛咒、即死，異常狀態

特殊技能：邪神的加護（Lv：MAX）　飛翔（Lv：MAX）

特技：漆黑殺爪

雷音疾走

雷音直空擊(Volt Sky Accel)

性格：凶惡

……用「絕望」還不足以形容，跟蓋亞布蘭德那時簡直不能比。沒有人類能贏過這種怪物。

就在這時……

「妳……妳是……？」

身旁的卡蜜拉王后用顫抖的手指著我。

然後……我才發現自己的外表已經不是魚人！

「妳到底是誰……！」

我強忍內心湧上的情緒，只告訴王后必要的事。

「我……我叫莉絲妲黛。是來拯救這個世界的女神。我之前基於某些理由，一直都變成魚人。」

「原來是這麼回事……」

王妃一臉嚴肅地點頭。

「妳是……魚的女神吧……？」

「！不，我不是魚的女神！總……總之詳情等下再說！」

把視線轉回戰場的瞬間，我發覺到一件事，不禁寒毛直豎。

——不……不對……為什麼變化之術會在這時解除？

使用大自然之力的魔法——例如土魔法，不光是靠施術者的魔力，也能從土壤本身得到能量，所以土蛇就算少了聖哉的力量也能動。但變化之術幾乎只靠聖哉的力量發動。現在變化之術完全解除，就代表著……

——聖哉受到的傷害非比尋常！

聖哉以手摀著肚子，聳肩呼吸。我定睛仔細觀察，發現跟我想的一樣，被割裂的腹部正鮮血直流。

「聖哉！」

我想衝去幫他療傷……

「……別過來。」

聖哉看穿我的打算，出聲喝止。葛蘭多雷翁也同時看向我。

「那女人是……？啊……是跟勇者一起出現的異次元的女神嗎？」

葛蘭多雷翁一臉興致缺缺地喃喃開口。

「等下就把她跟老太婆一起殺了。不過在那之前，得先解決你才行。」

葛蘭多雷翁對著聖哉擺出雷音疾走的預備動作。聖哉勉強起身，拿起劍準備防禦。

「我非常非常憎恨人類，憎恨得不得了。魔王把世界變成魔界後做出了我。說不定我前世就是被人類殺的。」

他話才說完，雷電就立刻通過聖哉身旁！肉被切開的聲音同時傳進我耳裡！

葛蘭多雷翁在遠處捲起煙塵，靜止不動。聖哉似乎沒完全閃過雷音疾走的攻擊，左臉頰有如被小刀劃破，開了一道傷口。

葛蘭多雷翁舔了舔沾在爪子上的聖哉的血，再度擺出雷音疾走的架式！然後……雷光般的青白色軌跡再次通過！

這次響起刺耳的金屬聲。雖然聖哉看似勉強擋下，左手上的白金之劍卻飛到半空中。

聖哉步履蹣跚地走向彈落到地面的白金之劍，葛蘭多雷翁卻大搖大擺地站在白金之劍前。他見聖哉毫無防備地伸手要撿劍，正想用爪子抓聖哉的手臂時——攻擊竟瞬間嘎然而止。

「……你以為我沒發覺嗎？」

葛蘭多雷翁的腳狠狠踢中聖哉的腹部，聖哉整個人隨著悶響懸空浮起。當他一摔落在地，腹部的傷口便大量出血。

「早在見到你時，我就發現你的左手被奇怪的靈氣包圍。」

葛蘭多雷翁的話讓我倒抽一口氣。

難……難道是跟戰帝對打時用過的破壞術式「等價返壞(Counter Break)」嗎！那是聖哉擔心萬一陷入困境，特地在狂戰士化前發動的嗎？他打算以一隻手當賭注弄斷葛蘭多雷翁的手，好讓情勢一口氣逆轉吧……！

「那就是你的最後王牌嗎？真可惜。」

沒想到，謹慎勇者的策略卻被怪物看穿。葛蘭多雷翁邊低聲悶笑，邊繼續猛踹聖哉的腹部。

「我要你後悔遇上我！我要殺了你！殺了阿爾特麥歐斯！讓所有人類和魔物都臣服於獸人的統治！」

看到聖哉被狠踹，被踐踏……被當成沙包痛毆，我雙眼淚水滿溢。

——這個奇才……這種程度的天才……竟然落得這種傷痕累累的下場……！如果六芒星破邪有成功，這場仗就能輕鬆獲勝……！這都要怪我……！

葛蘭多雷翁把腳往後高高拉起，再重重一踹，把聖哉踢飛到幾公尺遠。

「聖哉！」

我已經坐立難安，顧不得被殺的危險，衝到聖哉身旁。

當我把手貼上他的腹部，準備發動治癒魔法時……

「……不用治也沒關係。」

聖哉痛苦地這麼說。

他是覺得就算治好也打不贏，只是白費力氣嗎？不……或許是因為我害他遇到這種事，才不想借助我的力量吧。

「對不起……真的……很對不起……！」

面對除了道歉無能為力的我，聖哉緩緩開口。

「莉絲妲……妳的判斷是對的。當初要是拘泥於六芒星破邪，因而猶豫不決的話，妳重要的人就會失去性命……」

聖……聖哉竟然對我說出這樣的話！不……是為我說出這樣的話！不要……我不要……！這簡直像是最後的遺言啊！

聖哉用白金之劍當拐杖，搖搖晃晃地站起來。

「這股劇痛……把我從瘋狂中拉回來。說不定現在……有可能發動。」

即使渾身瘡痍，眼神卻炯炯有力！聽到他充滿決心的話語，讓我直覺到一件事！

——他打算發動狀態狂戰士・第三階段！一旦升上第三階段，能力值會變四倍！這樣就能超越葛蘭多雷翁！如果想確實打贏葛蘭多雷翁，也只能賭上一把了！可是……可是……

『人類還是存在著「無法跨越的高牆」！人類要是達到第三階段，精神必定會瓦解！狂戰士的傷痕會刻在靈魂上，即使回到原來的世界，也會留下後遺症！』

戰神傑特曾那麼耳提面命！這讓我有非常不好的預感！這次只靠天生的才能和強韌的精

神是無法超越的——我有這樣的預感！

至於原本在遠方旁觀我和聖哉的葛蘭多雷翁……

「已經道別完了？不過殺了你後，我也會馬上殺掉她的。」

則發出低沉的悶笑聲。

「不……乾脆先殺她好了。」

葛蘭多雷翁一走向我……

「雷音疾走！」

青白色的閃電就朝我衝來！正當我自知難逃一死，出於本能閉上眼時，突然響起激烈的碰撞聲！

我緩緩睜開眼睛……看到難以置信的光景。

葛蘭多雷翁竟單膝跪地！口中流出黑血，沿著下顎滴落地面！

「你這傢伙……！」

葛蘭多雷翁用憤怒的表情瞪著眼前的勇者。我也看向聖哉，為他的異變感到吃驚。靈氣量跟剛才簡直不能比！不但連膚色都泛紅，手指甲也變成紅黑色！

勇者邊喘氣邊說：

「好不容易……領悟出來了……」

「……難……難道……這就是第三階段嗎？」

聖哉搖搖頭。

「即使……能打倒葛蘭多雷翁……未來可還有魔王要打。現在不是能賭上一切的時候……」

「那……那麼這個變化是……？」

「既然怎麼做都無法超越界線……那就沒必要超越，只要……儘量貼近界線就好……」

聖哉緩緩低語。

「狀態狂戰士……第二・五階段……」

——第二・五階段！第二階段是能讓能力值變三倍！那麼第二・五階段就是……三・五倍！他透過在第二階段和第三階段間做調整，讓能力值跟葛蘭多雷翁並駕齊驅！

「呃……這個嘛……正確來說應該是第二・四九一階段吧……」

好……好細！不……是好厲害！竟然從小數點後三位調整起！

葛蘭多雷翁把混著血的口水吐在地面上。

「那才是你真正的王牌嗎？沒差，只要擊潰你就好。」

葛蘭多雷翁話語方落，因雷音疾走而帶電的他就衝向聖哉！散發紅黑色靈氣的聖哉也朝葛蘭多雷翁衝刺！雙方彼此碰撞！

在震耳的巨響後，葛蘭多雷翁用漆黑之爪擋下聖哉交叉雙刀流的景象，映入我的眼簾。

葛蘭多雷翁封住聖哉的攻擊，咧嘴獰笑。但他似乎擋不住聖哉的力道，開始節節後退！

「這力量是怎麼回事……！你明明只是人類……！」

「我現在不當人類了。」

「別開玩笑了……！你以為我是誰！」

葛蘭多雷翁情緒激動，將一隻手高高舉起！漆黑之爪發出咆哮，把聖哉右手上的白金之劍劍身從底部整個粉碎！

「看來你拿的武器趕不上你的力量。」

葛蘭多雷翁說得沒錯。白金之劍強歸強，終究不是能應付魔王級敵人的武器。再加上之前經過激烈交鋒，使劍慢慢耗損。

——怎麼這樣！好不容易才讓能力值追上了啊！

我正感到無比失望……聖哉的腳下卻隨即隆起！有新的土蛇銜著入鞘的劍，從地下爬了出來！

「！土蛇！還有殘存的嗎！」

「嗯，這是備用的土蛇，以及備用的白金之劍。」

聖哉從土蛇口中接過刀鞘，將劍拔出。

「左手的劍也有損傷。為了保險起見，還是換掉好了。」

他輕輕踏地，腳下再度隆起！新的土蛇帶來另一把刀鞘！

「這是備用的備用的土蛇，還有備用的備用的白金之劍。」

——滿……滿滿的備用……！

我對準備如此萬全的勇者感到愕然，聖哉則自顧自地拿起新的雙劍。葛蘭多雷翁看得咬牙切齒。

「真是不按牌理出牌的傢伙……難道你是魔術師嗎……」

葛蘭多雷翁接著用雙手緩緩畫圓。

「饒不了你……！我要用帶雷音疾走之力的雙手，全力使出漆黑殺爪來粉碎你……！」

面對他的放話，聖哉「呼——」地長嘆一口氣，喃喃開口。

「狀態狂戰士……第二．六階段……！」

——又……又更接近第三階段了！沒問題嗎！再怎樣也不可能長時間忍受這種狀態吧……！

不過我也發現葛蘭多雷翁咬緊牙關，看似痛苦地聳肩喘氣！

對喔！葛蘭多雷翁本身也無法一直維持魔獸生態變異！也就是說……不管最後誰輸誰贏……這場勝負的結果很快就能揭曉！

……在我眼前，混沌的紅黑色靈氣和放電的青白色靈氣正進行對峙。

勇者以雙劍的尖端緩緩指向葛蘭多雷翁。

「接下來，我要將拉多拉爾大陸從獸人的統治下解放。」

「別得寸進尺了……人類……！」

葛蘭多雷翁發出怒吼。

「人類是玩物！人類是食物！拉多拉爾這塊大地是獸人的！」

「那也會在今天結束。」

「胡說八道……！」

帶有雷音疾走之力的漆黑之爪襲向聖哉，想把他四分五裂！聖哉用劍擋下第一擊，對方卻持續使出目不暇給的連打！即使如此，聖哉的雙劍依舊將所有攻擊一一擋下，全部打掉！

可是……不久後傾軋聲響起！一記全力的爪擊如打碎玻璃般，將聖哉右手上剛換的白金之劍化為碎屑！

葛蘭多雷翁咧嘴一笑，臉頰上卻流下黑血！聖哉對劍被打壞毫不在意，依舊用另一把劍使出突刺，劃傷葛蘭多雷翁的臉頰！獸人之王發出呻吟。

但葛蘭多雷翁似乎不想放過只剩單手劍的聖哉，照樣發動猛攻，狀況對聖哉很不利。此時聖哉腳下再度隆起，土蛇叼出新的劍鞘。聖哉用上半身閃避葛蘭多雷翁的攻擊，再用腳將地下送來的劍鞘彈起。只見劍鞘在空中旋轉，劍身隨離心力出鞘——然後被聖哉用空出的手接住。

「……這是備用的備用的備用。」

這次換聖哉轉守為攻！雖然在狂戰士狀態中無法使用技能，但或許是出於天生的才能吧……即使都是普通攻擊，仍有劈斷、橫砍、突刺等各種劍技交織其中！葛蘭多雷翁無法擋掉聖哉的所有攻擊，身上開始出現割傷！

「你這個……廢物……！」

攻擊到一半時又有劍折斷。土蛇照樣從土中傳備份給聖哉。聖哉連看都不看，將劍踢起來直接裝備。

這是連一刻都無法喘息的攻防戰。然而就在此時，從葛蘭多雷翁頭上突然發動第三種攻擊——「大蛇尾巴」！這波攻擊來自一般人類不易應付的死角，聖哉卻有如看穿一切般用劍擋掉！

——好……好厲害！完全壓制葛蘭多雷翁了……！

接著又有金屬聲傳進耳裡。這次不是白金之劍壞掉的聲音。仔細一看，原來是葛蘭多雷翁左手的爪子碎了！

「我……我的爪子……！」

相較於聖哉能無限替換的白金之劍，葛蘭多雷翁的爪子只能一味地損耗下去。葛蘭多雷翁於是離開聖哉，拉出距離。

不論是使出全力的漆黑殺爪，還是用尾巴突襲，全都以失敗告終。葛蘭多雷翁齜牙咧嘴，以憤怒的面容瞪著聖哉

「你竟然比超越阿爾特麥歐斯的我更勝一籌……！這種事不應該發生才對……！你不應

該存在於這世上……！」

葛蘭多雷翁大大地張開背後的翅膀，飛向空中。我衝向聖哉。

「他……他逃走了嗎？」

「不……不是。」

葛蘭多雷翁飛到遙遠的上空後嘎然停止，用足以傳到這裡的聲量咆哮。那聲音大到讓四周的空氣為之振動，覆蓋他全身的電流也逐漸增強。

「他到底要幹嘛？」

「大概是為了殺掉我……打算把所有力量集中於一點，使出最後的大絕招。」

聖哉看似放棄般把劍收回劍鞘。

「聖……聖哉？」

「狀態狂戰士不能用任何魔法和特技。這個缺點必須設法彌補，所以我做了準備。雖然難處在於集中精神很花時間，不過用來對付這次敵人的大絕招倒是剛好。」

「可是你把劍收回劍鞘，就不能攻擊了吧！」

「我現在正逐漸想起破壞術式。第七破壞術式（Seventh Valkyrie）『破力轉移（Counter Permission）』——我要用僅能對自然的有形物體賦予破壞能量的這一招，將土變成炸藥……」

聖哉咚咚咚跺地三次。爬出的土蛇帶來纏著布的劍鞘。

「這是加了特殊機關的劍。只要拔出白金之劍，裝在鞘內的破壞之土就會受到摩擦同時起火。一旦跟火焰結合，將產生更強大的威力，我要用這龐大的能量攻擊對方。」

聖哉說完時，上空的葛蘭多雷翁靜靜地瞪著我們。原本從葛蘭多雷翁身上往外擴散的巨大電流，彷彿被葛蘭多雷翁本體吸收般逐漸減弱。而相對的，葛蘭多雷翁的身體則被炫目的閃光包圍。

「去死吧……！『雷音直空擊』……！」

蘊含強大靈氣的身軀朝我們墜落！在青白色的閃光襯托下，簡直就像顆彗星！對上那種東西根本無從防禦起啊！

「聖哉！那就快點使出那一招！」

「不行，要近到不能再近才行。」

「可……可是，再這樣下去的話——」

「這是名符其實的最後王牌。沒中就完了。」

眼看葛蘭多雷翁高速逼近，聖哉卻一動也不動，遲遲不肯拔劍。

——不……不行！會被幹掉的！

葛蘭多雷翁伸出帶有連鎖魂破壞的漆黑之爪。當那身影映上我的視網膜時，聖哉放在劍柄上的手終於動了。

「破壞的爆炎……『爆轟焦破（Crimson Boom）』……！」

劍以瞬間加速出鞘的聲音，被拔劍後在前方發生的爆炸巨響給蓋過！勇者以攻擊力超過百萬的臂力拔劍，用同時產生的爆炸威力迎擊化為彗星的葛蘭多雷翁！

這兩個超乎尋常的力量一交會，炫目的光芒和強大的衝擊波隨之而生，把我當場吹走。

「嗚……嗚嗚……」

……我緩緩挺起倒地的上半身，看到葛蘭多雷翁站在距離聖哉很遠的地方。聖哉揮出的劍也直接靜止。雙方背對彼此，紋風不動。

但剎那間龜裂聲響起！聖哉手上的白金之劍化為碎屑，人也往前倒下！

而另一方面，轉身面向聖哉的葛蘭多雷翁胸前，只有一道淺淺的一字型傷口！

——太……太淺了！爆轟焦破光是要抵消雷音直空擊就很勉強了……！

不過，當葛蘭多雷翁走近聖哉，準備給予致命一擊時，下一秒他的胸口卻出現凹凸不平的膨脹，一字型傷口還噴出帶紅光的流動性液體！葛蘭多雷翁的上半身也同時著火！從體內溢出的業火，讓葛蘭多雷翁發出慘叫！

身體各處重覆著小爆炸的葛蘭多雷翁發出的瀕死慘叫，讓我全身為之顫抖。

——帶著火焰的破壞之砂……進到葛蘭多雷翁的體內了……！

等火焰終於燒完時，葛蘭多雷翁以直挺挺的站姿化為漆黑焦炭。

「聖哉！」

我跑到聖哉身旁，抱起倒地的他。狀態狂戰士應該是解除了，他的頭髮恢復成黑色。雖然表情痛苦扭曲，至少還有意識。

他察覺是我，馬上吃力地站起來。

「……葛蘭多雷翁呢？」

「你放心！他被爆轟焦破燒成黑炭了！」

當我安心地伸手一指……才驚覺葛蘭多雷翁已不在那個方向。

「是你贏了……人類。」

我嚇了一跳看向聲源。葛蘭多雷翁竟拖著焦炭般的身體，偷偷繞到王后背後。

他一把抓住王后的頭髮。

「我剛才終於知道……人類要怎麼樣才會最痛苦。」

怎……怎麼會！難道他要對王后下手！

「那就是……把你最重要的事物……給破壞掉！」

我朝王后狂奔。

葛蘭多雷翁看到我接近，便放開王后的頭髮。

「……沒錯，就是妳。」

他接著擠出最後的力氣，朝我衝過來！

——咦咦！我？為什麼！

很顯然地，葛蘭多雷翁已經失去強大的力量，即使如此，要殺我依然綽綽有餘。

眼看葛蘭多雷翁的爪子要往我揮下時——有個東西從我的胸口探出頭。

那是一隻土蛇——聖哉「為了保險起見」留給我護身用的土蛇。

葛蘭多雷翁看似不以為意，打算用爪子將土蛇連我的心臟一起貫穿……

「咕……啊……！」

不料卻痛苦地呻吟起來。我一看，原來土蛇不知何時已纏上葛蘭多雷翁的脖子，將他緊緊勒住！

葛蘭多雷翁用雙手握住土蛇的身體，想把它扯斷，土蛇卻依然死纏不放！

聖哉在我背後喃喃開口：

「守護這女人的土蛇……是我目前所能做出最強的土蛇。憑你現在衰弱的力量是扯不開的……」

葛蘭多雷翁瞪大雙眼，用凶神惡煞的表情瞪著聖哉。他放棄擺脫土蛇，邁開腳步，企圖帶聖哉一起上黃泉，但過沒多久卻停下動作，握住土蛇的手失去力量，頹然垂下……然後葛蘭多雷翁就全身癱軟地在原地雙膝跪下。

聖哉對著一動不動的葛蘭多雷翁伸出手。

「……無限落下。」

聖哉變回土魔法戰士，使出無限落下。他不像平常一樣碰觸對方，而是靠土蛇以強大的力量將葛蘭多雷翁拖進地底。

等葛蘭多雷翁和土蛇從我的視野中消失後，從遠方隔岸觀火的獸人們開始一片嘩然。

「葛……葛蘭多雷翁大人被幹掉了……！」

「邪神之力會消失！」

「這下完蛋了……！」

失去強大首領的獸人們一哄而散，四處逃竄。聖哉目睹那幅景象，看似放心地單膝跪地。

我跑到滿身瘡痍的聖哉身旁，把手貼上腹部為他療傷。

「對不起、對不起……！都怪我讓你變成這樣……！」

聖哉用白眼看我。

「別哭，別道歉，煩死了。」

「可是……！」

「反正有打贏，結果好就好。再說……」

聖哉呼出一大口氣後繼續說：

「我在神界有說過『一切準備就緒』吧。」

「嗯，對啊！」

我幫傷口做完緊急處理，聖哉就搖搖晃晃地起身。

「總之先把王后帶到安全的地方……」

勇者說到這裡，彷彿力氣用盡般頹然倒下。

翌日。

我在卡蜜拉王后位於塔瑪因市內的舊家裡。

雖然屋內被獸人弄得亂七八糟，但日常用品幾乎都留在原地。聖哉正睡在寢室的床上。傷口已經在昨天用治癒魔法全部治好，但聖哉依舊睡得很沉。我把冷毛巾放上聖哉的額頭，接著走出寢室。

在隔壁房間裡，王后正在跟某個我見過的男人交談。

「姜德，你辛苦了呢。」

「不，我受的苦難跟陛下相比，根本微不足道。」

這個語氣充滿感慨的男人，皮膚是蠟黃色的。他就是被獸人變成不死者，在入隊測驗時跟我和聖哉打過的塔馬因的將軍——姜德。

王后察覺我來了，向我介紹將軍。

「這位是姜德，是已故國王的左右手。」

姜德畢恭畢敬地鞠躬行禮，露出苦笑。

「基於某些苦衷，所以現在處於半死人狀態，還請見諒。」

「好……好的！不，那個，我完全不介意！喔呵呵呵呵！」

因為入隊測驗時對姜德很過分，讓我不敢直視姜德的臉。萬一我是那個魚人的事曝光，肯定會挨揍。

「那些獸人似乎全逃出塔瑪因了。葛蘭多雷翁被打倒後，邪神之力跟著消失，讓那些傢伙的能力值降到只剩十分之一，所以才會怕我們發動反擊吧。」

在邪神的加護下，他們得到高於人類很多倍的能力，因此放鬆戒心，對人類的處置也很隨便。他們認為就算出現叛亂也能隨時應付，所以不會特別嚴密地監禁和監視人類。也多虧如此，原本遭囚禁的人類已陸續出現在城鎮裡。

王后對姜德微笑。

「話說回來，以前你被稱作『不死之身的將軍』……沒想到還真的死也死不了呢。」

王后嘴上開著玩笑，臉上卻充滿慈愛。姜德凹陷的眼窩裡浮現淚水。但他從骨子裡是個戰士，不想讓人看到自己的眼淚，便在王后面前別過頭去。

「被關在地下當成食物和玩物的人類應該還很多！我去指揮能自由行動的士兵，要他們去解放那些俘虜！」

姜德對我們行禮後，就關上門離開房間。在離開前，他也不忘叮嚀門外的衛兵要保護好王后。即使變成不死者，依舊是位盡忠職守的將軍。

「……您不在勇者大人身邊沒關係嗎？」

剩下我們兩人後，王后這麼問我。我不禁脫口說出真心話。

「呃……老實說，我不知道該用什麼態度去面對那個勇者。」

看到王后面露詫異之色，我笑了。

「我……我是個很沒用的女神！老是做一堆蠢事！總是扯別人後腿！反觀聖哉明明是人類，卻遠比我能幹、聰明又強悍！老實說，就算沒有我，他一個人也就夠了——」

「……女神大人。」

我說到一半，王后就打斷我的話。

「那些獸人啊，都以為我是感覺不到疼痛，有如鋼鐵般的女人。但事實上，我只是個連女兒死了都不願承認，心靈十分脆弱的人類。」

王后看向聖哉正在沉睡的寢室門口。

「那孩子終究是人類，不可能感受不到人類的痛。我想他一定很痛苦吧。」

「痛苦？聖哉嗎？可……可是聖哉已經失去所有過去的記憶！而且不管別人說什麼他都不在意，甚至反過來賞對方拳頭……」

「就算是這樣，這世界的現狀終究是過去的他造成的，他不可能完全不去想這件事。『後悔』、『罪惡感』——這些感情有時會突然湧上心頭。但他明白這些感情對拯救世界毫無幫助，只好把一切埋進心底。」

王后露出悲傷的表情。

「這樣做……是非常痛苦的。」

然後她表情和緩下來，對我微微一笑。

「只要陪在他身邊就好。在這過於痛苦的世界裡，就由妳來陪伴他。就算做了蠢事、傻事，也會在不知不覺間拯救那個孩子。」

「可……可是，聖哉才不會對我這種人……」

王后一聽，露出傻眼的表情。

「連葛蘭多雷翁都有察覺了，妳竟然還不知道嗎……？」

「咦？」

我聽不懂這句話的含意，只好盯著王后的臉看。這時王后突然以手掩口。

「我……我也真是的，從剛才開始就一直對女神大人說這麼失禮的話！」

「不……不會啦，沒什麼關係。」

「怎麼會這樣呢？只要跟妳在一起就很安心。這一定是因為女神大人在當魚人時很照顧我的緣故吧。」

「說得……也是呢。」

兩人相識而笑後，我就猛然起身。

「我……我要去看看聖哉的情況！」

「喔喔，好啊。」

要走出房間時……

「……謝謝妳，媽媽。」

我用王后聽不到的細小聲音這麼說。

我打開寢室的門，嚇了一跳。因為聖哉已經起床了。

「聖哉！你已經醒來了？還是再睡一下比較——」

「喂，我睡了多久？」

「呃，就一個晚上。」

「我竟然這麼大意……」

聖哉神情緊繃，咬牙切齒。

「如果得知葛蘭多雷翁被打倒，魔王的部下或許會大舉攻入塔馬因。」

聖哉穿上盔甲拿起劍鞘後，就立刻開門。

「等……等一下！」

聖哉走到屋外，把手放上庭院的泥土。

「我先把土蛇放到鎮上。」

被他觸碰的泥土出現凹凸不平的隆起。想必地下一定生出了幾十隻——不，既然是聖哉做的，應該有幾百隻土蛇吧。

「……你醒了啊。」

我猛然回神，發現姜德正站在聖哉背後，我身旁則是卡蜜拉王后。

姜德對聖哉說：

「我很感謝你打倒葛蘭多雷翁，拯救了塔瑪因，不過追根究柢起來，如果你一年前有打倒魔王，我們也不至於陷入這種慘況……」

姜德不顧聖哉把手放在土上，一把揪住他的領口。王后見狀臉色大變。

「姜德！住手！」

「不！我有句話一定要對這傢伙說！」

姜德強迫聖哉回頭，用猙獰的表情瞪他。

「為什麼……為什麼你沒守護好緹雅娜公主！」

「姜德……！」

王后和我都停下動作，僵在原地。

……在凝重的氣氛中，聖哉把手放上姜德的肩膀。

到了下一秒……

噗通——！

姜德膝蓋以下的部分陷進土裡！

「啥啊啊啊啊啊啊！」

聖哉再次背向姜德，默默做起土蛇。

「你……你做了什麼！」

姜德雖然腳被土魔法困住……

「這根本不算什麼！」

還是硬把腳從地下拔出來。

「哦——」

聖哉發出感佩的聲音，又馬上碰觸姜德。

噗通噗通——！

「呼喔喔喔喔喔喔喔！」

這次埋到腰際。

「你……你這傢伙……！」

本來以為姜德這下出不來了……

「別小看我，臭小子——！」

但他仍舊把下半身從地下拔出來。

「哦——哦——」

聖哉看姜德來勢洶洶地衝向自己，便用手碰他的頭。

噗通噗通噗通——！

隨著更大的聲音響起，姜德全身狠狠地陷進土裡！不……不對，仔細一看，是只剩額頭露出地面！

「聖……聖哉！姜德先生只有額頭露出來了啦！」

「那傢伙是不死者，不用在意，別管他。」

「可……可是他這樣很可憐耶！把他拉出來啦！」

過了一會兒後，聖哉一臉不耐煩地抓住頭髮把人拔起。這時不死之身的姜德將軍竟露出泫然欲氣的表情。

「嗚嗚嗚……！好……好痛苦……！不但黑漆漆的，還沒辦法呼吸……！」

聖哉一臉匪夷所思的樣子。

「你不是不死者嗎？」

「就算是不死者，不能呼吸還是很痛苦啊！」

「為了保險起見，我還讓你的額頭露出來呢。」

「！你是笨蛋嗎！用額頭哪能呼吸啊！」

姜德暴跳如雷，聖哉卻不理不睬，繼續做著土蛇。王后對聖哉翻了翻白眼。

「女神大人……我剛才那些話或許是錯的。看來這孩子似乎無法用一般的標準來衡量……」

「咦咦咦咦咦咦咦咦……」

姜德擔心再被聖哉埋起來，離得遠遠地大喊：

「那種蛇做再多也沒用！一旦得知葛蘭多雷翁被打倒，機皇歐克賽利歐率領的機皇兵團就會攻進塔馬因了！」

「機皇……歐克賽利歐？機皇兵團是指……？」

我一問，王后就為我說明。

「機皇歐克賽利歐是統治北方大地巴拉庫達大陸的魔物。至於機皇兵團，則是由魔王做出的強力魔導兵器『殺人機器』所組成。據說每一台的能力都勝過強壯的獸人，而且數量超過數萬台。」

超……超過數萬台的魔導兵器！

相對於慌亂的我，聖哉倒完全不為所動。

「潛伏在塔瑪因時，我就從獸人那裡打聽到了這個情報。而且我也有構思對付那些敵人的方法。」

「不是都說土蛇打不過機皇兵團了嗎！」

「誰說要用土蛇去打了？這只是拿來偵查和監視而已。」

大概是土蛇已做到預定的數量，聖哉把視線從姜德移回我身上。

「莉絲妲，把門叫出來。我們現在立刻回神界，做好對抗機皇兵團的準備。」

後記

大家好，我是「土日月」，唸作「Tsuchihi Raito」。話說這還真是個閃亮亮名字。雖然現在才這麼說有點太遲，不過我也沒有後悔。

感謝您這次購入《這個勇者明明超TUEEE卻過度謹慎》第三集。這部在小說投稿網站「カクヨム」上開始連載的作品，多虧有各位支持，終於發行到第三集。對有買一、二集的讀者，我真的非常感謝。

在這裡稍微提一下第三集的內容。首先在上一集拯救異世界蓋亞布蘭德的謹慎勇者——龍宮院聖哉將再度登場。當然廢柴女神莉絲妲也會出現，照慣例跟勇者進行有如夫妻相聲般的互動……不過從封面就能看出，聖哉的表現會跟之前不一樣。這個「很少笑」、「笑容少到令人吃驚」……不，應該說是「彷彿把笑這種感情留在母親腹中的男人」，為何會露出這麼爽朗的笑容？是中了彩券嗎？吃了什麼美食嗎？還是交了女朋友呢？這答案還請各位讀者閱讀第三集，以自己的雙眼來確認。

這次我也打算寫出歡笑中帶點感動，分量十足的內容。而實際上頁數也比一二集要多，應該很有物超所值的感覺。從中間到後半的劇情發展，以作者的眼光來看還挺有自信的。相

信各位只要讀到最後，一定能樂在其中吧（幹嘛這麼逞強）

接下來因頁數所剩無幾，請容我這次僅做個簡短的感謝。跟我一起培育謹慎勇者的責任編輯，畫出的插圖美到超乎想像的插畫家とよた瑣織，以及為謹慎勇者聲援，購買實體書的每個讀者，真的非常非常謝謝各位。多虧有大家的支持，作者才能繼續寫這個故事。

雖然我是個尚未成熟的作者，為了聲援我的每個人，我會更努力精進，寫出更有趣，更令人感動的作品。也許這麼想有點自不量力，我還是希望能持續產出讓人看完後會覺得「幸好有看」、「幸好有買」的作品，以多少回報各位的恩情。

那麼，第三集的後記就寫到這裡。最後我要祝福各位健康幸福，期待能在下一集與各位重逢。

土日　月

29歲單身漢在異世界
想自由生活卻事與願違!? 1~9 待續

作者：リュート　插畫：桑島黎音

取回力量的大志和眾老婆甜密地
重建家園後，要開掛勇闖敵國雪恥啦！

大志外掛般的力量回歸，並平安回到了老婆們身邊，然而遭受侵略的勇魔聯邦卻問題如山高！他先是擊退敵人又為俘虜建宿舍，還向鄰國要求援助。緊接著帶上只會給予痛楚而不會死的魔劍，前去肅清動亂元凶——戈培爾王國，破壞敵城上前踢館去！

各 **NT$180~220/HK$50~68**

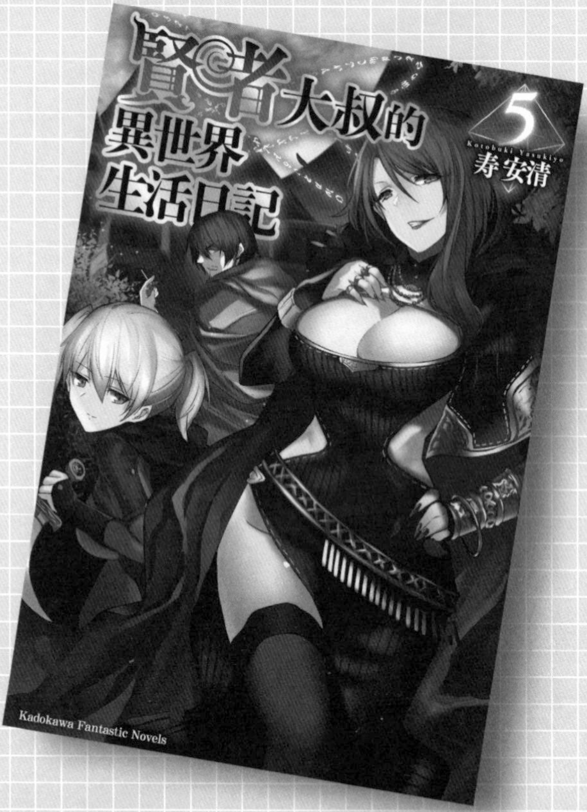

賢者大叔的異世界生活日記 1~5 待續

作者：寿 安清　插畫：ジョンディー

大叔在異世界遇上的女殺手竟是宿敵！
「既然是敵人，殺了也無所謂吧？」

伊斯特魯魔法學院主辦的實戰訓練到了第三天，茨維特竟被殺手襲擊！此時大叔卻在另一邊挖礦，完全忘了護衛的事。幸好守護符發揮了效用，於是傑羅斯急忙騎著機車趕往現場。當傑羅斯和女殺手正面對峙時，發現對方卻是他意想不到的人……？

各 **NT$240/HK$75~80**

八男？別鬧了！ 1~13 待續

作者：Y.A　插畫：藤ちょこ

卡琪雅與威爾舉辦婚禮結為夫妻
師傅莉莎卻為沒受邀前來鬧事!?

卡琪雅與威爾在奧伊倫貝爾格騎士領地順利完婚，沒想到卡琪雅的師傅暴風雪莉莎，竟為了沒收到通知氣得火冒三丈前來找碴!?另外，泰蕾絲居然有魔法的才能？而且還莫名其妙地與卡琪雅的師傅莉莎決鬥！為您送上充滿混亂的第十三集！

各 **NT$180~220/HK$55~73**

轉生成蜘蛛又怎樣！ 1~8 待續

作者：馬場翁　插畫：輝竜司

神化的「我」卻是廢柴，還被重逢的轉生者追殺？
咦？保護「我」的魔王跑哪去了？救命啊！

「我」因為神化而失去技能與能力值，變得比常人還沒用處。跟著魔王一行人前往極寒的魔之山脈時，「我」居然跟其他轉生者感人重逢了……不對！我們被對方襲擊了耶！被化為狂戰士的鬼人襲擊，而且魔王這位最強保鑣和「我」分散了，天大的危機降臨？

各 **NT$240~250/HK$75~83**

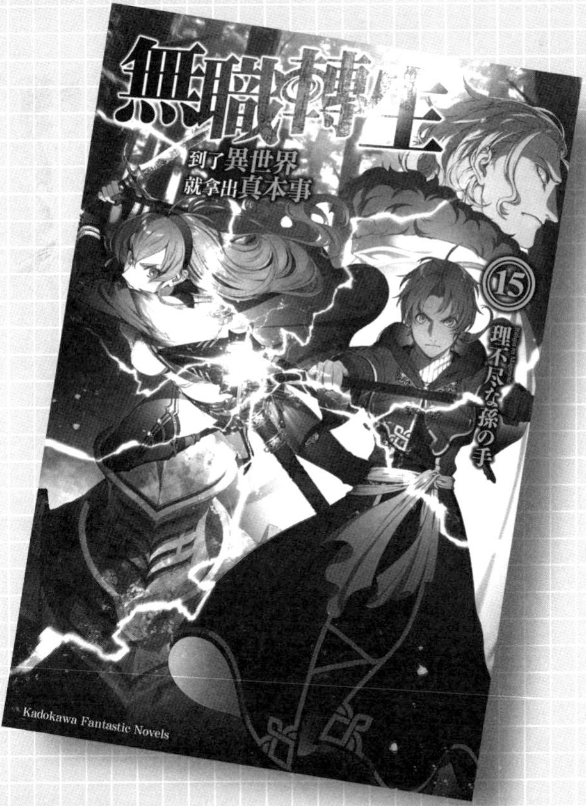

無職轉生~到了異世界就拿出真本事~ 1~15 待續

Kadokawa Fantastic Novels

作者：理不尽な孫の手　插畫：シロタカ

為了守護家人的未來——
魯迪烏斯決定挑戰「龍神」奧爾斯帝德！

魯迪烏斯遇見了從未來進行時光旅行來到現代的年邁自己。然而，未來的自己走的卻是一條喪失所有重要之人的路線。魯迪烏斯為了迴避這個未來，決定接受人神的提案，打倒奧爾斯帝德。在準備期間，魯迪烏斯決定寫信寄給五年前不告而別的艾莉絲——

各 **NT$250~270/HK$75~90**

怕痛的我，把防禦力點滿就對了 1~3 待續

作者：夕蜜柑　插畫：狐印

日本公布動畫化企劃進行中！
令官方頭痛的梅普露創立公會【大楓樹】！

梅普露成了官方頭痛的超強玩家。她創立公會【大楓樹】，邀請夥伴莎莉、高超工匠伊茲、冒險中認識的強力玩家克羅姆、霞等人加入，日後玩家稱作「妖獸魔境」、「魔界」而避之唯恐不及的最凶公會就此誕生！這次梅普露變成大開無雙的神？

各 **NT$200~220/HK$60~75**

Kisei shite level agetandaga sodachisugita kamoshirenai. 4
Author : Hisahiro Igaki
Illustration : Youji Sorimura

練好練滿！用寄生外掛改造尼特人生!? 4

伊垣久大
插畫 そりむらようじ

Kadokawa Fantastic Novels

練好練滿！用寄生外掛改造尼特人生!? 1~4（完）

作者：伊垣久大　插畫：そりむらようじ

窮盡寄生之力解救雅莉的故鄉！
規模更甚以往的前尼特助人冒險譚第四集！

旅途下個目的地，榮司決定前往雅莉的故鄉。想不到因為先前獲得了能寄生在怪物身上的技能，使他得以入手許多獨特的技能。某天，城鎮裡接連因為不明異變而大量出現怪物，榮司於是接到了討伐怪物的委託。而這個現象，似乎與巨人的傳說息息相關——

各 **NT$220~240/HK$70~75**

LV999的村民 ④

作者 星月子猫

插畫 ふーみ

Kadokawa Fantastic Novels

LV999的村民 1~4 待續

作者：星月子猫　插畫：ふーみ

「你的覺悟只有這種程度而已嗎？」
揭開瀰漫世界的謎團，將付出重大的代價！

艾莉絲等人在新世界「厄斯」和鏡會合了。鏡一行人在目睹把怪物、異種族投放到世界，可能是在暗地裡控制「厄斯」的強敵之後，一步步地逼近蔓延世界的謎團真相。然而，敵人的魔手防不勝防，鏡一行人遭逢難以想像的背叛以及重大的喪失……

各 **NT$250~280/HK$78~85**

西野～校內地位最底層的異能世界最強少年～ 1 待續

作者：ぶんころり　插畫：またのんき▼

榮獲「這本輕小說真厲害2019」第6名！
異能世界最強，校內地位最弱的空轉戀愛喜劇!!

西野五鄉，他是業界首屈一指的異能力者。這位在室男在準備校慶時發現了青春時光的尊貴。凡庸臉西野一改過去淡白的人生志向，為了交個正點的女朋友歡度高中歲月，卻不得其門而入……（附贈異能戰鬥）。

NT$250/HK$83

竜ノ湖太郎
illustration
焦茶

1

百萬王冠
MILLION CROWN

Kadokawa Fantastic Novels

百萬王冠 1 待續

作者：竜ノ湖太郎　插畫：焦茶

以人類最強戰力迎戰超越人智勢力！
破除衰微開拓嶄新時代!!

時值人類衰微的時代——東京開拓部隊的茅原那姬遇見了在支配這星球的環境控制塔裡被找到的青年——東雲一真。結果，她卻被一真給耍得團團轉。然而在所有祕密解開時，賭上世界命運的人類最強戰力之戰也即將展開！

NT$220/HK$73

國家圖書館出版品預行編目資料

這個勇者明明超TUEEE卻過度謹慎 / 土日月原作 ;
謝如欣譯. -- 初版. -- 臺北市 : 臺灣角川, 2019.05-
冊 ; 公分
譯自 : この勇者が俺ＴＵＥＥＥくせに慎重すぎる
ISBN 978-957-564-930-2(第2冊 : 平裝). --
ISBN 978-957-743-215-5(第3冊 : 平裝)

861.57 108003883

Kadokawa Fantastic Novels

這個勇者明明超TUEEE卻過度謹慎 3

（原著名：この勇者が俺ＴＵＥＥＥくせに慎重すぎる３）

２０１９年９月19日　初版第１刷發行
２０２０年３月６日　初版第３刷發行

作　者：土日月
插　畫：とよた瑣織
譯　者：謝如欣

發行人：岩崎剛人
總經理：楊淑媄
資深總監：許嘉鴻
總編輯：蔡佩芬
編　輯：蘇涵
美術設計：莊捷寧
印　務：李明修（主任）、張加恩（主任）、張凱棋

發行所：台灣角川股份有限公司
地　址：１０５台北市光復北路11巷44號５樓
電　話：（02）2747-2433
傳　真：（02）2747-2558
網　址：http://www.kadokawa.com.tw
劃撥帳戶：台灣角川股份有限公司
劃撥帳號：19487412
法律顧問：有澤法律事務所
製　版：尚騰印刷事業有限公司
ＩＳＢＮ：978-957-743-215-5